母の家族葬

中村 大輔
NAKAMURA Daisuke

文芸社

母の家族葬◆目次

突然の電話

「今日の運勢で最も悪いのは……ごめんなさい。山羊座のあなたです」

まさか新型コロナワクチンの二回目の接種日が最悪の運勢とは。でも私は占いは信じない。占いなど非科学的だし、日本全国の山羊座の人間が一斉に最悪の日を迎えるなんてナンセンス。ありえない。

なのに、心のどこかで、たとえその日がとても順調に進む日であっても最後の最後に最悪のことが起こるかもしれない。気をつけよう。そう戒める心の声はあった。

まさか、その占いが的中するなど、考えてもみなかった。

「二回目の注射もまったく痛くなかったよ。でも、若い人は今日も二人、熱が出て休んだよ」

今春、再任用で市街地の中学校に赴任した。校医さんのご厚意で、キャンセルが出た新型コロナワクチンを摂取できることになり、二校時の空き時間、二回目の摂取を受けてきた。夕飯時、当然、妻とその話題になった。

「問題は明日じゃない？　私も次の日、熱が出て動けなくなるなんて思ってもみなかったから」

「解熱剤いりますかって訊かれたけど、結構ですって答えた。お母さんが保育所で転んで肋骨にひびが入った時、医者からもらった痛み止め、もし熱が出たらくれよ」

「いいわよ。痛み止めが効くなんて、私は熱が出るまでわからなかった」

「今日、学校で、昨日二回目のワクチン接種で熱出して休んだ人と話したんだけど、体が休息を求めている時にそうした熱って出るよねって。その人も実は疲れていて、体が休みたい時だったたって言ってた」

「そうかもしれないわね。……ちょっと待ってね」

夕飯と共に発泡酒を飲んで妻と話していると、妻のスマホが鳴った。

「はい。はい……はい……はい。……ちょっとお待ちください」

妻はスマホを持ったまま、私に話しかけてきた。

「おばあちゃんが夕食後に布団で吐いたって言うの。『救急車呼んでいいですか』だって」

「いいよ、いいよ。お願いして」

妻がテーブルに戻ったところで言った。

「吐いたくらいで救急車を呼ぶのに抵抗があったんだろ。本当に介護施設の職員は大変だよ。きっとクレームをつける家族がいるんだよ。職員は病院まで付き添うんだから、本当にご苦労様だよ」

母のお世話になっている特別養護施設は、我が家から歩いて五分。至近距離にある。近所のケアマネージャーさんにお願いして、昨年の新型コロナ感染予防の第一回緊急事態宣言下に入れてもらった。入所当初はガリガリに痩せ衰え、寝たきりだった母が、先月オンラインで会った時には頬にも赤みがさし、抜け落ちた髪も元に戻っていた。体重が増えたと母も喜んでいたのだ。

酒を飲んでいなければ、救急車が来る前に様子を見に行ったのだろうが、発泡酒を三本は飲んでいた。酔ったまま行くのは気が引けた。妻の職員とのやりとりにも緊迫感はなく、食あたりか何かだろうと高をくくっていた。

ソファに移り、NHKの七時のニュースを見ていた。妻はいつの間にかどこかに行ってしまい、私は風呂に入ることにした。

湯船で一日の疲れを癒やしていると、脱衣所の扉が開く音がし、妻の呼ぶ声が聞こえてきた。上がって、リビングを覗くと妻はスマホを持って話をしていた。

「老人ホームの方からまた電話があって、すぐに病院に来てほしいって。まさかお酒を飲んでますって言えなかったから、あなたは家にいないことにして、連絡してみますって伝えたわ。あなたが風呂に入っていたので翔子さんにも伝えたけど、どうするの？」

「どこの病院？」

「N病院」

「N病院って仙台では脳治療で有名な病院だよ。そこしか金曜の夜、開いてなかったのか。酒を飲んでるから車では行けないぞ。タクシーを呼ぶしかないな」

「私が行く?」

「行くよ」

「行くよって誰が?　私?　あなた?　翔子さん?」

「私が行くよ。自分の母親だもの」

「翔子さんには?」

「状態がわかったら後で連絡するよ」

スマホでタクシー会社を検索し、タクシーを呼んだ。

「十分後には到着すると思います」

タクシーに乗るなんて久しぶりだ。新型コロナウイルス感染症が広まり、職場で今まで行われていた飲み会が全て中止となった。街で毎週のようにあったイベントも中止となり、街に呑みに行く機会などまったくなくなった。タクシーに乗る機会もほとんどなくなったが、こんな機会だからこそ利用しようと思った。

「じゃあ、着替えて準備するよ」

その時私は、朝見た占いのことなど忘れていたのに……。

タクシー談義

「そろそろだから、外で待ってる」

玄関の戸を開けると家の前にちょうどタクシーが止まるところだった。

後ろのドアが開き、後部座席に腰を下ろした。

「N病院までお願いします」

運転手は後ろ姿と貼られた顔写真から七十歳近くに見えた。

「新型コロナの影響で、お仕事、大変なんじゃないですか？」

N病院までは三十分近くかかる。黙っているより、話しながら過ごした方が気が紛れると思った。

「本当ですよ。収入は半分ですね」

「よくテレビでは飲食店が大変なんて報道してますけど、関連している業種も大変なんですよね。特にタクシーは大変なんじゃないですか？」

「繁華街から人がいなくなりましたからね。九時過ぎると閑散としているんですよ。信じられます？」

「それでなくても仙台はタクシーの数が多いって言うじゃないですか」

「私みたいな年金暮らしの小遣い稼ぎならいいんですよ。でも、これで家族を養わなくてはならない人はつらいですよ。年収ウン百万ですよ。やっていけると思います？」

「そんなに低いんですか。……私の妹も新型コロナのせいで会社の業績が悪化して、この春退職することになりました。新型コロナ、早くおさまってくれるといいですね」

「うちも函館が実家なんで、それまではよく帰っていたんですが、今はなかなか帰れなくなったな」

「函館出身なんですか？」

「生まれは函館なんですけどね。今、函館は仙台よりひどいみたいですよ。あそこは観光の街でしょ。それなのに、今、観光客がまったく来ない。最悪です」

「函館ですか……。私も実は稚内に十二年間もいたんですよ」

「稚内ですか。稚内っていうと北海道の一番北ですよね。名寄までは行ったことがあるけど、稚内は行ったことがないなあ」

「今でも忘れられないけど、稚内に飛行機で戻る時、海の向こうにサハリンがはっきり見えるんですよ」

「そうですか、稚内に、十二年も」

「仙台に戻ってきて二十年以上になりますが、稚内のことは忘れられませんね」

「北海道って冬は寒いんですけど、家の中はストーブ焚いて暖かなんですよね。燃料手当とかあったと思いますよ」

「そうでしたね。燃料手当って言ったか、手当がかなり出て、冬場はガンガンストーブで火を燃やしてましたね。下着姿で、サッポロビール、飲んでましたよ」

「懐かしいですね。実は私の高校、歌手ＫＳの出身校なんですよね」

「えっ、ＫＳですか？」

「彼がデビューして一、二年の頃じゃないかな。市民会館でコンサートがあったんですよ。ＫＳは前座でしたけどね。そのコンサートに出身校ということで吹奏楽部が出演することになったんですよ。私、吹奏楽部だったんで、演奏したんですよ。ＫＳと一緒の舞台で」

「すごいですね。ＫＳの最後の紅白、見ましたよ。……」

タクシーはすでに西道路を抜け、中心街へと入り、南西方面へと移動していた。

「この道から病院に入りますよ」

「帰りも使うよ」と言えば、この年老いた運転手はきっと待っていてくれるに違いないとは思った。でも、母の容体がはっきりせぬまま、適当なことは言えないと思った。

灯りのほとんど見えない病院の駐車場に入り、そこだけ明るくなっている通用口の自動ドアの前でタクシーは止まった。

「どうも、ありがとうございました」

思わぬ北海道談義に花が咲いた興奮を抱えたまま、タクシーを降りた。

待合室で

夜間通用口の自動扉は、開閉用の扉のタッチパネルを押しても開きはしなかった。透明のドア越しに守衛室に警備員がいるのは見えた。しかし、ドアは開かない。どうしようか、考えながらドアの横の壁を見ると、インターホンのマイクがあり、下にマッチ箱大の蓋があった。蓋を開け、丸いスイッチを押し、守衛に要件を伝えた。

守衛は、受付の窓越しに赤外線の体温計を私の額に当て、名刺大のカードに体温を記入し、私にそのカードを渡した。

「これを担当の看護師に渡してください。緊急搬送の待合室はこの廊下の奥です」

N病院に入るのは初めてだった。守衛が示した廊下の先は暗く、はっきり見えなかった。灯りは自動販売機の照明と非常灯の緑の光だけだった。それでも廊下の壁は白塗りのため、足下は見えた。壁の貼り紙が昭和の病院を思わせた。

廊下の突き当たり、壁側の長椅子に三十五、六の眼鏡を掛けた中肉中背の男性が座っていた。初めて見る顔だが、どこか純朴そうな雰囲気が感じられた。私に気が付くと、黒いゴミ袋を持ったまま立ち上がり、「只野さんですか」と尋ねてきた。

「特養の方ですね。母はこちらですか?」

長椅子の反対側に診察室があり、明かりが磨りガラスから漏れていた。

「今、検査しているところです」

私は救急車に母が運ばれるようになった事情を訊いた。

「今日は夏祭りが施設であったんです。その時、只野さんはとても元気でした。出されたメロンもおいしい、おいしいと言って食べていたんです。その後、夕飯もしっかり食べていました。六時半に私が部屋に行った時は元気そうでしたよ。ところが、六時四十分に部屋に行った時には、食べたものを吐いて倒れていました」

母の嘔吐が食中毒であれば、意識ははっきりしているはずだ。

「その時、母に意識はありましたか?」

「意識はありませんでした」

電話に出なかった私が悪かったのだ。この職員は何も嘘を言っていない。私が勝手に食中毒と思い込んでしまっただけなのだ。吐いて倒れ、意識がないとなれば、脳卒中かくも膜下出血のどちらかだ。救急車で運ぶのは当然の対応。それでも家族に了解を求めたのは、救命処置を望まぬ家族がいるから。軽い病気で運ぶためではなかったのだ。

職員はこちらの勘違いには気づいていないようだった。私は頭を整理した。母は脳卒中かくも膜下出血でこのN病院へ運ばれた。職員の話では、倒れてから十分ほどで発見され病院へと運ばれた。助かる見込みはあるはずだ。それを信じようと思った。

小柄の四、五十代の看護師が現れ、二階の待合室で待つようにと言って、我々を案内してくれた。二階の待合室はそこだけ天井の蛍光灯がついていて明るかった。長椅子が置かれ、そこに職員と私が少し間を空けて座った。

「ここでお待ちください」と言って、看護師が去ってから、まったく人は通らず、数十分が過ぎた。

二階の長椅子から見える廊下の壁も古かった。

数年前、知り合いの鍼灸学校の教員がこのN病院に脳卒中で運ばれ、見事、現場復帰を果たした。言葉に多少の詰まりはあるものの、声の張りは元気な頃のままだった。二週間前には一つ下の友人教師もこの病院にくも膜下出血で運ばれていた。倒れてすぐに救急車で運ばれ、一命を取り留めた。そう聞いたばかりだった。

まさか二人の命を救った病院がこんなに老朽化した病院とは。何か信じられない気がした。どちらも命は取り留めていた。

「遅くまですみませんね」

じっと黙ったままの三十過ぎの職員に話しかけた。家族がいれば、帰りが遅く心配するだろうと思った。

「いや、いいんです」

きっと介護福祉は大事な仕事と、夢を抱いて職に就いたのだろうと思った。でも、現実は厳しく家族を養うのもやっとに違いない。

「昼にはとても元気で、一緒にいろんな話をしたんですよ。海外旅行に行った時のことを楽しそうに話していました。娘さんが航空会社にお勤めなんですよね。娘さんに案内されていろいろ海外旅行を楽しまれたって、うれしそうに話していました。それなのに、まさかこんなことになるなんて」

「あなたのせいではありませんから」

「七時を過ぎると夜勤の職員が一人になるんです。だから七時を過ぎると何かあってもこんなふうに付き添うこともできなかったんです。たまたま七時前で私が残っていたので」

午後七時以降、職員が一人体制になることは入所前の説明で聞いていた。でもまさかその対象に母がなるなんて考えてもみなかった。

幸い七時前だったので職員がついてきてくれた、ということは……そうか。なぜ職員が救急車を呼ぶ時、電話を掛けてきたか、やっとわかった。職員には救急車を呼ぶ前に事態が深刻であることがわかっていた。そこで、時間のこともあり、救急車に乗るのは職員ではなく、家族であってほしかったのだ。そのために電話を掛けた。なのに、酔っていた妻はその真意がつかめなかった。もちろん酔いながら端で聞いていた私もわかるはずもなかった。

マナーモードとなっていたスマホを見ると、着信があった。教員の私はスマホを常にマナーモードにしておく。授業中、スマホが鳴り出したら顰蹙ものだ。スマホを持ってくるなと指導しておきながら、授業中に着信音が教室に響く。実はそんな失敗が何度か、あった。その度に教室が変な空気になる。もちろん謝るのだが、きまりが悪い。

職員はまず、私のスマホに連絡を入れた。ところが、私は出ない。そこで、第二連絡者の妻に連絡を入れた。

「そうでしたか。そうですよね。帰る時間にも拘らず母についてくださり、本当にありがとうございました」

「いいんですよ。それより只野さん、よくなるといいですね」

「二週間前かな、私の友人がくも膜下出血でこの病院に運ばれたんですよ。でも手術がうまくいって無事助かったんです。今、リハビリしてるとのことです」

「そうですか。それはよかったですね」

二人以外誰もいない待合室で、ただ黙っているのは嫌だった。母の状況は決して楽観できるものではないことはわかっていた。でも、心の中では多少後遺症があっても回復すると思っていた。タクシーの中での饒舌さはなくなっていたが、沈黙するほど落胆はしていなかった。

「これからの日本、少子高齢化がもっともっと進むんだから、介護は重要な仕事ですよ。その重要性が政治はわかってない。もっと、給与が上がるといいですね」

そんな話をしていると、先の看護師が現れた。

「先生からお話があるそうです」

そう言って、私を奥の診療室へ案内した。

診査結果

何で診察室がこんなに大きいかはわからなかったが、その部屋は教室くらいあった。その奥の壁際に机が置かれ、その前に三、四十歳ほどのスタイルのよい医師が座っていた。医者だからと言って七三の髪型にすべきとは思わないが、その医師は茶髪で白衣のボタンを外し、ラフな格好だった。私に椅子を勧め、向かい合って座ると、すぐに話を始めた。

「率直に結論から言いますね。お母様は助からないでしょう」

きっとこれまで百人以上の人に死の宣告をしてきたのだろう。その折、一番良い伝え方は最悪の結果を単刀直入に伝えること。そう確信でもしているような、有無を言わさぬ言い方だった。相手の気持ちを推測し、遠慮がちに話すより、事実を明確に伝える。誤解を与え、期待を持たせるより、結果を率直に伝えた方が良いのだ。そう確信しているからこそ、まったく躊躇もなく、ストレートに要件が伝えられるのだろうと思った。

その言葉は私の頭に衝撃を与えた。ところが、本来その言葉がもたらす悲しみやつらさなどの感情は湧いてこなかった。言葉がもたらす意味を咀嚼する間もなく、医師は続けた。

「今はですね、新型コロナウイルスの感染予防のために、たとえ亡くなりそうになったとしても、従来のように死に目にあえるよう連絡はできないんですよ。連絡が行くのは亡くなってから、ということになります。いいですか？」

「はい。わかりました」と言うしかなかった。新型コロナに感染して亡くなった者は、遺体とも対面できず、遺骨での対面になる場合もある。それからすれば遺体で対面できるなら、まだマシなのだろう。

「この後なんですが、延命措置は希望されますか？」

「延命措置と言いますと……」

「もし心臓が止まれば、電気ショックを与えて心臓を動かすなどの処置を施すという意味です」

十五年前の父の姿が目に浮かんだ。忘れもしない。十五年前の五月八日、悪性リンパ腫で入院していた父の喉に開けた管が詰まって、息ができなくなった。母が医者を呼んだが、治療が間に合わず、父は窒息で脳死状態。家族は父の意識が戻ることを願い、延命治療をお願いした。しかし、それからが大変だった。その間、母は病院で父の病室に毎日寝泊まりし、私も仕事が終われば病院に行き、そこで寝て、朝、病院から出勤した。そんな生活が一ヶ月ほど続き、父は意識が戻ることなく亡くなったのだ。

あの時のむなしさ、やるせなさは繰り返したくなかった。ただ機械的に母の心臓を動かし生かし続けることが、母の幸せにつながるとも思えなかった。

「延命措置はしなくて結構です」

「とすると、これから明日の朝までが山となります。後で看護師に連絡先を教えてください。では、検査結果を説明します」

医師は紙に絵を描きながら説明してくれた。

「病名はくも膜下出血です。脳の動脈に瘤状のものができてしまい、それが一挙に破裂してしまったんです。これを見てください」

医師はコンピュータの画面に母の脳の断面を映し出した。

「この四方に伸びている黒い部分が動脈が破裂して飛び散った血液です。こちらの画像を見てください。これは健康な人の脳です。違いがわかりますか?」

健康な人の脳には黒い影はない。ところが母の脳には四方に広がる黒い影が歴然と映し出されていた。

「くも膜下出血で助かる人は三分の一なんです。出血の量が少なく、意識状態もそれほど悪くない場合、その場合は、様々な治療を施して回復させます。しかし、只野さんのお母様の場合は出血の量も多く、意識状態も悪いので、救命は困難です。亡くなってしまう三分の二に入ります。おわかりいただけましたか?」

「母はくも膜下出血を起こした時、苦しみましたか?」

「かなりの量の出血があったことを考えると、すぐに意識がなくなったと思いますよ」

苦しまずに意識を失ったとなれば、それはせめてもの救いだった。

同意書にサインをすると説明は終わった。

「お母様とお会いしたいですか？」

さっきは亡くなるまで会えないと言っていた医師が、生きている母と最後に会わせてくれると言う。どんな姿であれ、生きている母と対面できるのはうれしかった。

「ええ、お願いします」

「なら、待合室でもう少し待ってください。準備ができたら呼びしますので」

再び待合室に戻り待った。老人ホームの職員には、お礼を言って帰ってもらった。これ以上、彼を待たせるわけにはいかなかった。黒いゴミ袋を掲げて彼は言った。

「お母様の服なんですけど、処分してもよいですか？」

「すみません。お願いします」

特養老人ホームの部屋が空くのは、その部屋の人が亡くなった時。彼はこれまでもそんな別れを沢山見てきたのだ。死ぬまでのお世話。どんな気持ちで入所者と接しているのだろう。ふと、そんなことを考えた。

「只野さん、いいですか？」

看護師が迎えに来た。診察室の横、重そうな扉を開けて、私を中に入れてくれた。

狭い通路の先にＩＣＵ（集中治療室）があった。夜中のためか、部屋は暗く、救命装置の光のみが部屋を照らしていた。ベッドは通路を挟んで十床以上あるように見えた。母のベッドは、一番手前の通路右だった。

母は横向きで寝間着姿で寝かされていた。口元には酸素吸入のための器具がつけられていた。表情は苦しそうだった。意識はないと言っても、必死で生きようとしているように見えた。

「おかあさん」

小さな声で呼びかけた。もちろん反応があるわけはなかった。医師の説明の時、私の頭の中で母は意識のない透明な存在だった。しかし、現実の母はくも膜下で脳が傷つき、死を前にしながらも必死で生きようともがく、苦痛の肉塊だった。見るのが忍びなかった。何もしてやれぬ自分がなさけなかった。

そっと母の手を握った。温かかった。優しい母の、年老いたすべすべした手だった。

「おかあさん」

やはり、小さな声しか出なかった。

帰路

「連絡先を教えてください」

医師からは今日から明日の朝にかけてが山場と聞いていたが、私は仕事柄、平日の昼間は電話がとれないため、妹の電話番号を教えた。

「土日も、妹さんの連絡先でいいんですか?」

「あっ、あの、私の携帯にお願いします」

全てが初めてのことだった。父の時には母がいた。母が全ての窓口になった。ところが、今回は頼れる人はいなかった。妹とて車があるわけではなく、仙台に戻ったばかり、全て私がすべきことだった。

「では、これで失礼します」

看護師に挨拶し、階段を探した。来る時は看護師に連れられてきたが、今は自分で出口まで行かなくてはならない。どこをどう行けば階段があるのかもわからなくなっていた。

うろちょろしながら階段を探し、ようやく見つけて階下に下りたが、今度は出口がわからなかった。階段も廊下も光は非常灯しかなく、遠くに光のたまり場が見え、そこに向かって歩みを進めた。

守衛室に着くと、自動ドアのガラス越しにタクシーが到着するのが見えた。さっき別れた老人ホームの職員が、自動ドアを開け、タクシーに消えた。


私もタクシーを呼んだ。五、六分ほど待つとタクシーが現れた。来た時の運転手とは違い、四、五十代の痩せた男性で、落ち着いた雰囲気の運転手だった。来た時と違い、行き先以外、言葉は出なかった。

「電話をかけさせてもらってもいいですか？」

「どうぞ」

妹に連絡することにした。妻からの連絡の後、妹は母の様子が知りたいに違いなかった。

「お兄ちゃん、電話、ありがとう。で、お母さんの様子、どうだった？」

あの茶髪の医師の単刀直入さをまねることにした。

「くも膜下出血だった」

「くも膜下出血？」

「そう。倒れて吐いた時に、意識はなかったんだよ」

「だって、私、今日の五時にお母さんと電話で話したんだよ。その時は元気で、その日、施設の夏祭りで、メロン食べたって話してた。だから私、施設で出された物が腐っているか何かで吐いたんだとばかり思ってた」

「お医者さんの話では、もう助からないって」

「助からないって……そんな！」

そう言って妹は声を上げて泣き出した。私は医師から母の死の宣告を受けても涙一つ出ず、意識なく苦しそうに横たわる母を見ても泣くこともなかったのに、妹は、私の言葉だけで、瞬時に泣いた。羨ましかった。

「今夜が山で、早ければ朝方にも亡くなるかもしれないって」

妹は泣いたまま私の言葉を聞いていた。

「翔子ちゃんの電話番号も教えたから、電話がかかってくるかもしれない」

「わかった」

そう言って再び泣き出す妹に、「大丈夫かい？　そっちに行くかい？」と声を掛けた。

「大丈夫。お兄ちゃん、ありがとう。お兄ちゃんこそ、今日一日、ご苦労様。家でゆっくり、休んでちょうだい」

「ありがとう。じゃあ」

そう言って、スマホを切った。妹には延命措置を断ったことは話せなかった。話せばきっと理解はしてくれただろう。でも、これ以上、妹を悲しませることをできないと思った。この件は自分の胸にしまっておけばよいことだった。

沈黙のタクシーの中で思った。あの占いが当たってしまった。最悪の日になった。その通りになってしまった。それも、最後の最後に、だ。

早朝の連絡

妻は寝ずに待っていてくれた。私が顛末を話すと非常に驚いた。

「私、最初の電話の後に老人ホームに行ったのね。お酒が入っていたこともあって、遠くで様子を見ていたの。おばあちゃんがタンカで救急車に運ばれてから、病院が決まるまでだいぶ時間がかかったの」

私がソファでテレビを見ている時、妻の姿はなかった。その時、妻は母を心配し、老人ホームまで様子を見に行ってくれていたのだ。なのに私は、のんきにニュースで時間を潰し、悠々と風呂に入っていた。

あの時、機敏な対応をとっていたからといって、母のくも膜下出血が防げたわけでも、延命ができたわけでもないことはわかっていた。それでも、母の緊急時に敏速に対応できなかった自分が情けなかった。

「まさか、おばあちゃんがこんなことになるなんて……」

「五時には、翔子ちゃんと電話で話していたんだって。職員の話では六時半に部屋に顔を出した時は元気だったんだって。それが六時四十分には、吐いて倒れていたって。くも膜下出血だから、一挙に脳の中で出血して倒れたんだよ。お医者さんの話では、痛さを感じる間もなく意識を失っただろうって」

妻は私の話を静かに聞いてくれた。これで気持ちが落ち着き、寝ることにした。

「山羊座が最悪の日」は的中した。しかし、私は占いは絶対信じない。そう、自分の心に言いきかせた。

布団の上でスマホを確認した。マナーモードを解除した。そのつもりで床についた。

翌朝、四時二十分、目が覚めた。いつもより二十分ほど遅い。昨夜は遅くまで起きていた。その割には、早く目覚めたとも言える。

書斎の机に向かい日記を書き始めた。高校一年から始めた日記が今は百冊を超えていた。

なにげなくスマホを見た。すると、着信の記録があった。留守電を確かめると、四時二十分の連絡で、N病院の看護師からだった。「すぐに病院に来てほしい」というメッセージが残されていた。留守電を聞き終わると同時に、着信があった。出るとN病院の看護師だ。

「お母様の容体が変化しましたので、大至急病院に来てください」

「ありがとうございます。すぐに行きます」

妹に電話すると、妹にも同じ電話が入っていた。今すぐ迎えに行くと伝え、身支度を整えた。

五時ちょうど、妹の住むマンションの入口に着いた。この五月、妹は東京のマンションを売り払い、仙台の繁華街近くのマンションに仮住まいしていた。交通量の多い通りも、土曜の早朝はほとんど車は走っていなかった。

「昨日、ようやく内定の通知をもらったの。医療関係のNPO法人で、これからの医療環境の改善を進める会社なんだって。給料は今までと比べたら全然少ないけど、社会貢献できる仕事だからやりがいはあると思うんだ。その会社の内定がとれたのよ。

それに、探していたマンションもいいところが見つかったの。駅から歩いて五分。十三階で角部屋。価格も前回お兄ちゃんと下見した中心街のより一千万も安いのよ。見晴らしも良く、仙台市街が一望できるの。

電話で、就職とマンション購入が両方決まったって話したら、お母さん、とても喜んだの。マンションには車椅子用のスロープもあるし、お母さんが泊まりに来ても困らないよって話したの。そしたら、お母さん、とっても喜んでくれて、だったら久しぶりにお酒でも飲もうかしら、なんて笑って話してたの」

「くも膜下出血で倒れる前、そんな話ができていたんだ」

「私、だから、お母さんが吐いて病院に運ばれたって聞いて、施設の夏祭りに出た食べ物にあたったんだって思ってた。なんでそんなあたる物を出したんだって……」

「でも、意識を失う前に、翔子ちゃん、ちゃんとお母さんと話をしていたんだ」

「仙台に来て落ち着いてからは、毎日、お母さんと電話で話してたよ。私も退職して暇だったし、お母さんもようやくスマホ、ちゃんと使えるようになって」

「変な言い方になるけど、本当によかったね。新型コロナで飛行機が飛ばなくなり、航空会社が苦境に陥らなければ、今だって翔子ちゃん、東京で働いていたわけだし、こんな風に毎日電話でお母さんと話すこともできなかったはずだよ」

「本当にそうね」

車はまもなくN病院に着こうとしていた。昨夜タクシーで乗り入れた西側の門から入り、空いているスペースに車をとめた。

昨夜入った夜間専用の通用口から中に入った。守衛が赤外線体温計を妹の額に当て、次は私の額だ。昨日打った二回目のワクチン、熱が出ていたら入れないのだろうか。不安が一瞬よぎる。守衛はメモ用紙に体温を書き込み、妹と私にそれぞれ名刺大のメモ用紙を差し出す。

「どちらも三十六度台です。大丈夫です。只野さんですよね。これは看護師に渡してください。今、看護師を呼びますから」

知らせを受けた看護師が、エレベーターで昨夜の待合室まで私と妹を案内してくれた。

「ここでしばらくお待ちください」

廊下での宣告

妹は就職の面接を気にしていた。

「月曜日にもう一つの会社の面接があるの。どうしよう？」

「月曜日だと難しいかもしれないね」

「そうか……」

その時、廊下を昨夜の茶髪の医師が通り過ぎようとした。私と妹に気づき、戻り、話しかけてきた。

「只野さんですよね。看護師から話は聞きました？」

「いいえ」と私が言うと、

「お母さんね、亡くなりました。連絡を差し上げた時が亡くなった時刻と思ってください」

そう言って、そのままＩＣＵに消えた。妹と私は顔を見合わせた。妹の顔はみるみる泣き顔に変わり、嗚咽を止められず泣き出した。私はそんな妹を見守ることしかできなかった。昨夜、死の医師告知を受けた時同様、私は泣くことも涙をこぼすこともできなかった。

しばらくして、看護師が現れ、母のいるＩＣＵへと案内してくれた。

母のいるはずのベッドは、クリーム色のカーテンで覆われていた。

カーテンをよけ、中に入ると母は仰向けに寝かされていた。昨夜のような苦しそうな表情はなかったが、顔から表情は消えていた。ドラマで見る死体の顔とはまるで違っていた。ドラマの死体には、表情に人格があった。ところが、母の顔には母という人格はもうなかった。母の姿そっくりの死体があるだけだった。

妹は母を見るなり、「お母さん」と短く呼びかけ、また泣き出した。私も「お母さん」と呼びかけたが、涙は出なかった。昨夜と同様、母の手を握ったが、昨夜あったかすかなぬくもりは、もう消えかかっていた。ああ、本当に母は死んだんだ、と思った。

先ほどの茶髪の医師が現れた。私は自分の場所を医師に譲り、医師の後ろから母の様子を見た。医師はペンライトで母の瞳を覗き、時計を見た。

「五時四十七分。死亡を確認しました」

廊下で言われた四時二十分ではなく、私と妹、医師とで確認した五時四十七分が母の死亡時刻となった。

母のそばに来てから度々、生命維持装置の警告音が鳴った。その度に若い男性看護師が、解除ボタンを押しに来た。妹はしばらく母に話しかけていた。妹は取り乱してはいなかったが、突然の母の死をなかなか受け容れられなかったようだ。

「もう、いいかい?」

体を起こし、顔を上げた妹にそう訊くと、「うん」と頷いた。看護師たちは気を遣ってか、向かいのベッド付近で小声で話をしていた。看護師にお礼を述べ、ＩＣＵを出た。担当の看護師は、母の死を悲しんでか、目に涙を浮かべているように見えた。

待合室で待っていると、再びその看護師が現れた。

「これから葬儀社に連絡をとり、遺体を引き取りに来てもらってください」

「今からですか?」

「はい、そうです。葬儀社は二十四時間、対応しているはずです」

「葬儀社と言われても、まったくわからないんですが……」

「葬儀社もいろいろありますので、お好きなところへどうぞ」

死を悲しんでばかりいられなかった。病院としても、死んだ人のためにベッドを使い続けるわけにはいかなかったのであろう。病院は生きている人のためのものであり、死んだ人のためにあるわけではなかった。

「わかりました」

まもなく六時になる。六時になったら、知人の京山さんに電話しよう、と考えた。二年ほど前、彼の母親が亡くなり、葬儀社にお世話になっていたはずだ。京山さんとは古くからの知り合いで、私より十歳ほど年上。彼は人望があり、地域の方の相談にもよくのっていたのを思い出したからだ。

「ここのスペースなら携帯電話を使っても大丈夫ですから、葬儀社と連絡がつき、いつ遺体を運ぶか決まったら、お知らせください」

六時になるのを待って、京山さんに電話を入れた。京山さんはすぐに電話に出てくれた。

葬儀社手配

「母の葬儀の折、お世話になった方がいますので、連絡を入れてみますね。確か家族葬を専門にしていたと思います。その方から只野さんに連絡、行くようにします」

京山さんとの電話のやりとりから数分後、電話があった。

「葬儀社の西堂ですけど、只野さんでしょうか？」

電話の声は私より十歳は上に聞こえた。要件を伝えた。

「昼には斎場が空きますので、今日の夕方からは使えます」

「場所はどこですか？」

斎場は仙台都心部の東側で、我が家からは車で三十分はかかる。でも、家族葬なのだから参列者はほとんどいない。とすると、参列者がいないのに、斎場を借りる必要はあるのか。

「ご自宅でやってもいいんですよ」

「えっ、自宅でもできるんですか？」

近くでやりとりを聞いていた妹に確認した。

「自宅で葬儀をあげられるって言うけど、いい？」

妹は、「かまわない」と言った。

「では、私の自宅で葬儀を行うことにします」

「なら、七時に病院に行きますので。それから、お母様をご自宅まで運ばせていただきます」

新型コロナの影響で葬式の姿も大きく変わった。それまでは斎場を使い、故人に何らかの関わりを持つ人を招き、盛大に故人を偲ぶのが葬儀の姿であった。ところが、新型コロナウイルス感染症は、人と人との接触を極力避け、そのため近親者のみで行う家族葬が葬儀の主流に変わった。近親者のみで行う葬儀に大きな斎場は必要はなく、自宅で行える場合は自宅で行って何ら問題はなかった。仙台では昔から自宅で葬儀を行うケースもあり、変なことではなかった。

「葬儀屋さん、いつ病院に来るって言ってましたか？」

担当の看護師が聞いてきた。

「七時って言ってました」

そう告げると看護師は再びＩＣＵに消えた。


「月曜の面接、どうしたらいいと思う？」

妹は迷っていた。金曜日に内定をもらっているＮＰＯ法人にはかなり心が傾いていた。もう一つ、月曜に面接の予定の会社は、働きがいでは内定の会社に劣るが、給与の面では内定の会社より条件がよかった。

「今日、通夜は無理だろう。早くて明日。葬式は月曜かな。月曜の面接は難しいかもしれないね」

妹はしきりにスマホで連絡をとっていた。

就職、マンション購入、老後の資金運用。母の死で予定が大きく変更された。購入予定のマンションは、母と妹共同購入になる予定だった。実家は今年三月に売却が完了し、母の口座に入金されていた。その母の売却金と妹の東京のマンション売却益を使い、仙台で新たにマンションを購入しようと考えていた。また後の混乱を避けるため、私の相続放棄が必要だった。その予定も、母の死で変更を余儀なくされた。

「お兄ちゃんは、どう思う?」

「その会社で、どのくらい働いてみたいの?」

「半々かな」

「迷っているなら、やめたらいいいんじゃない。内定もらって、そこが気に入っているなら、あえてもう一つ受ける必要ないいんじゃない」

「そうね。今回のことも、そう腹を決めろってことなのかもしれないね」


妹と話をしていると、先ほどの看護師が現れた。

「葬儀社が来ましたので、ご案内します」

エレベーターで地下まで下りた。地下の廊下を歩き、角を曲がると、奥の部屋に小さな祭壇があり、手前のベッドに母が浴衣姿で仰向けに寝かされていた。ICUで見た時と変わって、髪はとかされ、頬にも化粧が施されているように見えた。私たちが待つ間、看護師さんたちは、こうして母の死に装束を整えてくれていたのだ。

礼服を着た老爺二人がベッドの脇に立っていた。私を見つけると、名刺を出し、挨拶した。痩せて年老いて見えた老爺が西堂さんだった。

二人は移動式のベッドに母を移動させ、落ちないようにベルトを掛け、廊下の先の出口の前に止められた黒いワゴン車に、移動式のベッドごと母を運び入れた。

「本当にお世話になりました」

担当の看護師に挨拶した。この時も看護師の目に涙がにじんでいた。彼女だって何百という人の死を見てきたに違いない。その度にこうして涙を流すのだろうか。看護師という仕事を思い、尊崇の念がわいた。

家族葬決定

「布団を用意していただけますか」

家に着き、まず二人に仏間に上がってもらい、母の寝所を決めた。タンカを私も含めて三人で仏間に運び入れ、妻が敷いてくれた布団に母を移しかえた。京山さんが心配して顔を見せてくれた。

「枕経をあげましょう」

西堂さんは、仏壇の経机を布団の前に置き直し、皆を促した。

「私が導師を務めさせてもらっていいですか？」

母の枕経をあげるのに、私が名乗りを上げ、反対する者はなかった。妻も妹も私の後ろに正座した。

お経は「妙法蓮華経」だ。尊崇する日蓮大聖人が最高の経典と、読経を勧めるお経だった。自分自身、日々、読経・唱題を行っているが、まさか自分自身が母の枕経の導師になるとは考えたこともなかった。

「妙法蓮華経方便品第二。爾時世尊……」

枕経終了後、葬儀社を紹介してくれた京山さんにも入ってもらい、リビングの奥の食卓テーブルで今後の話を詰めた。仏間とリビングは、仕切りの襖を外すとつながっており、仏壇は西の壁の中央にあり、六人掛けの食卓テーブルは東の窓側に置かれ、その間にリビングのソファが庭を望むように置かれていた。

食卓テーブルには、キッチンを背にして西堂さん、もう一人の葬儀社の主任と京山さんが座った。庭側には私と妹が座った。

葬儀社の主任は、自社のパンフレットを示しながら話を進めた。

「このパンフレットは、家族葬用のものとなっています。火葬と葬儀（告別式）のみのコース。これに、通夜が加わるコース。更に細かいサービスがつくコース。四つ目が全て葬儀社が取り仕切るコース。この四つですが、いかがいたしましょう」

パンフレットのコース名の横の金額を見ると、私の予想をどれもが下回っていた。安い。父の葬儀の時とは大きな違いだった。

七月初旬、妹が母の貸金庫を解約した。母が住んでいた私たちの実家は売約され、母は施設へ入所したため、貸金庫に貴重品を預ける必要がなくなったからだ。その貸金庫の中には、ネックレスなどの宝石と現金六十万円がしまわれていた。母の意向を受け、宝石は妹が預かり、六十万円は私が預かっていた。今、提示された金額は、どれを選んでも、この六十万円があれば十分に葬儀が可能な金額だった。まるで葬儀費用のために残されていたお金のようだった。

隣の妹に三番目のコースを指さし、尋ねた。

「お兄ちゃんに任せる」

これが妹の回答だった。

話は日程に移った。通夜は翌日の日曜。葬儀・火葬は月曜日に決まった。

「時間はどうします？」

通常、通夜は仕事帰りの参列者のことも考え、夕方六時が多いが、今回は家族葬で日曜日。六時の必要はなかった。

「四時でいいんじゃないかな」

四時で決定した。

「葬儀は？」

主任の提案で、十時葬儀、十時半出棺、十一時半の火葬と決まった。

「導師はどうしますか？」

皆が顔を見合わせた。僧侶を頼む気はさらさらなかった。自分で日々読経を行っているので、自分でできると思った。

「私じゃ、だめですか？」

「いや、いいんじゃないですか。枕経できてましたよね」

主任が賛成してくれた。私は妹の顔を見た。

「お兄ちゃんに任せる」

「いいんじゃないですか。家族葬なんだから」

西堂さんも賛成してくれた。

「では、それでお願いします」

通夜、告別式、繰り上げ法要、出棺、火葬、全ての導師が私となった。これで話は終わったかと思ったが、主任は続けた。

「送り人はどうします？」

「送り人、ですか？」

「告別式が終わって、お母様を棺に入れる時なんですが、その時、体を清めたり、死に化粧をしたりを厳かに行ってくれる人がいるんです。最近では映画の影響もあって、送り人を頼む方も多いんです。頼みますか？」

数ヶ月前、『だれかの記憶に生きていく』という納棺師の木村光希さんの著書を読んでいた。それまで人の忌み嫌う職業だった葬儀屋と言われていたものを、グリーフケアを含めた人間の尊厳性を尊重する職業にまで高めた人の話だった。誰もが避けられず、それでいてなかなか人に理解されない「死」にまつわる課題に寄り添うことの大切さを教えてくれる貴重な書であった。でも、まさか納棺師がこれほどポピュラーになっているとは、想像を超えていた。

「送り人は、結構です」

そう、私が言うと、妹が、

「お母さんの化粧、私、させてもらっていいですか？」

「いいですよ。もちろん」

そう、家族葬なのだ。あくまでも家族で母を送るのだ。導師は私が務め、化粧は妹が務める。沢山の人が見送る華やかな葬儀にはならないが、母を思う家族が母のために真心を尽くす。そんな家族葬にしたいと思った。

その後、細かい部分を詰め、葬儀の日取り、方法は決まった。

「午後一時に再び参ります」

京山さんや主任が帰った後、西堂さんがそう言った。

連絡

皆が帰った後、食卓テーブルに私と妹が残った。

慌ただしかった。朝四時過ぎから九時まで五時間。無我夢中で動き、気がつくといつもの日常が引っ繰り返っていた。仏壇の前にはもう息をすることのない母が横たわり、まだ心の整理ができていない二人が、しばし呆然としていた。

「そうだ。連絡、入れなくっちゃ」

「私も」

二階に上がり、職場の電話帳を取り出し、まずは校長に連絡した。次に教頭にも連絡した。自宅での家族葬になる旨を伝え、月曜からの休みをお願いした。担当学年の主任にも連絡したが、話し中が続き、結局断念した。母の親戚や知人への連絡は、名簿を整理し、午後から行うことにした。

午後一時過ぎ、西堂さんが祭壇と棺、ドライアイスなどを持って現れた。私は、母の電話帳や名簿を食卓テーブルに並べ、パソコンで連絡一覧を作っていた。気がつくと西堂さんが仏間で何もせず立っていた。それまで祭壇を組み立て、棺を並べていたのに動きが止まったのだ。

私は席を立ち、仏間を覗いた。

妹が母の布団に入り、添い寝していた。

妹は帰省する度、実家の寝室のダブルベッドで母と一緒に寝ていた。その習慣は妹が年を経ても変わらず、母のいびきがうるさいと文句を言いながらも続いていた。老人ホームに入所してからは添い寝はできなくなり、今こうして亡くなった母と一緒に寝るのが妹にとっての最後の添い寝になった。妹は子供のように母に抱きついて横になり、目をつむっていた。

布団の横で西堂さんは壁を見ながら、妹が気が済むのをじっと黙って待っていたのだ。

私は妹の姿に、何も言えず、西堂さんにも声を掛けられず、食卓テーブルに戻った。

しばらくし、

「手伝ってもらっていいですか」

西堂さんの声で仏間に戻ると、妹は布団の横に座っていた。私と西堂さんとで母を棺に移し、西堂さんは大きなドライアイスを二つ、母の腹に置き、白い掛け布団で覆い、棺の蓋をした。

「顔を見る時は、ここを開けてください」

棺につけられた小窓を開けると母の顔が見えた。

気温は三十度を超え、リビングのクーラーは全開だったが、仏間にクーラーはなく、扇風機で涼風を流すしか、仏間を冷やす術はなかった。


西堂さんが去ってから、妹と一緒に、母の電話帳・連絡帳の整理を本格的に始めた。食卓テーブルにはパソコンとプリンターが置かれた。

初めは親戚関係だ。

父の兄弟姉妹は比較的簡単に連絡先が見つかった。父が亡くなった後も、父の兄弟姉妹、従兄弟とは連絡をとっていた。電話では新型コロナ感染予防のため、葬儀は家族葬で行うので、御焼香はご遠慮いただきたいと伝えた。それでも、従兄弟と叔母夫婦は伺いたいと言った。

ところが、母の兄妹の家族となると、僅か二人の兄と妹にも拘らず難航した。母の兄、伯父は十五年前、父が亡くなる数ヶ月前に亡くなっていた。伯父と母は、遺産相続の件で、私が幼い頃、裁判で争った。そのせいか、伯父家族とはほとんど音信が途絶え、伯父と父の死以降、この家族とは一切つながりがなかった。連絡先のメモ自体がまったくなかった。

栃木にいる母の妹、叔母の連絡先はわかっていた。ところが電話をすると、使われていないとの案内が流れた。叔母は二十年ほど前から栃木に住んでいた。結婚した一人息子が自殺し、遺された孫が心配なため、夫婦で栃木に住むことにしたのだ。数年前、叔母の夫が他界し、その頃、叔母はパーキンソン病で入院中だった。そのため、叔父の葬儀は執り行われず、叔母が退院してしばらくしてからお線香を上げに叔母の家まで行った。その後、何度か私は叔母の家を訪ね、病気を見舞った。

その叔母の電話が使われていないという。心あたりに連絡し、叔母も今は特養老人ホームにお世話になっていることがわかり、後日、会えるようになったら伝えることにした。

母の思い出

母の身内には結局、誰もつながらなかった。母がよく昔話をしていた祖母方の縁者にも連絡したが、世代が代わっているせいか、母を知る者は誰もいなかった。

母の友人にもなかなかつながらなかった。幼なじみは母同様老人ホームに入所し、趣味の仲間は多かったはずだが、父が死んでから連絡もとらなくなり、わかったのは一人だけ。母の死を聞いて、寂しがっていた。

母ほど友人の多い人はいないと思っていた。六十まで働き続け、退職してからは、社交ダンスを習い、カラオケのサークルで大会にも参加した。詩吟を習い、ハーモニカ、麻雀も毎週通った。あれほど行動力があり、沢山の友人がいたはずの母が、いざ亡くなり連絡をする段になると、その連絡先がない。母自身が少しずつ友人関係を切っていったのだろう。あんなにいたはずの友人と今は、誰一人つながっていなかった。

とりあえず、わかる範囲の連絡先には電話をかけた。連絡がついた友人の一人には、葬儀の日程は伝えたが、コロナ禍のため葬儀は家族だけで行わせていただくと参列を断った。

連絡できた数があまりにも少ないことに妹も私も驚いた。妹が何か言いかけてやめたので、私が話した。

「お母さんの交友関係が変わったのは、父が亡くなって半年経った頃からじゃないかな。お父さんが亡くなってから、毎週水曜日って決めて、仕事帰りに実家に寄ったんだ。毎週のように家は変化していたよ。お母さんの元に沢山の人が来て何かを置いていった。健康器具が置いてあったり、マッサージ器が置いてあったり、母親の金だからさ、あまり気にしなかったけど、今思えば、お母さんは人がいいから利用されていたのかな」

夕方になると、母の死の知らせを聞いた我が家の子どもたちも、仕事終わり、我が家に集まった。図らずも只野家全員が顔をそろえることになった。この夏、皆で食事会を何度企画しても、誰かの都合がつかず、七月中ずっと空振りだった。それが、母が亡くなった当日の夜、皆そろったのだ。

母を偲びながらの夕飯となった。

十七年前の家族全員でのグアム旅行の話になった。

優子は中学一年、北斗は小五、慈子は小二だった。父や母、妹はそれまで何度も海外旅行を経験していた。しかし、私の家族は初めての海外旅行だった。

「まだ泳げない慈子は、ホテルのプールの滑り台で何度も遊んでたよね」

「北斗とお父さんは、シュノーケルつけて、海で泳ぎながら、魚、見てたね」

「ピザ事件、覚えてる？」

「グアム最後の晩、注文して一時間経っても、ピザ届かなかったんだよね」

「あの時、翔子ちゃん、遅れてきた現地の店員に英語で、時間通り届けなかったって訴えて、ただにしてもらったんだよね」

「一時間以内に届けなかった場合は、ただにするってチラシに書いてあったからね」

「あの時、停電もあったの、覚えてる？」

「あった。あった。私、覚えてる」

「停電なんかあったかなあ？」

私は覚えていなかった。

「おじいちゃん、現地で車借りて、日本食の食堂に連れて行ってくれたよね」

「それも一度じゃなくて、二回も」

「ステーキハウスで食べたお肉、おいしかった」

「あの時、一緒に食べたパンもおいしかった」

「ずっとおじいちゃんもおばあちゃんも、皆を海外に連れて行ってやりたいって言ってたんだよ」

それまで、子どもたちの話を聞いていた妹が語り出す。

「目の前で魚が泳いだり、透明でどこまでも見える青い海。いつか孫たちを連れて行きたいって。その夢がようやく叶ったって、喜んでいたんだよ」

「今思うと、あれが最初で最後の家族全員での海外旅行。貴重な旅行だったんだね」

そと私。

あの頃、私も妻も忙しかった。県外に旅行に連れて行くことだって難しかった。そんな折、父や母が強く勧めるので、夏休みにパスポートをとり、なんとか日程を合わせ、ようやく年末の何の予定も入らない貴重な数日を利用して、初めて家族そろっての海外旅行が実現した。私や妻、子どもたちにとっては初めての海外旅行、グアム旅行だった。それは、母や父が元気だった頃の貴重な思い出だった。

夕飯後、長女優子は礼服を用意するため、二女慈子は朝早く仕事があるため、各自アパートに戻った。

メモリアル映像づくり

翌日の朝食後、妻と妹は食べ物の話で盛り上がっていた。妻は最近見ているユーチューブの料理番組にはまっている友人の話をしていた。妹も自分の友人の話を絡ませ、話はどこまでも発展しそうだった。

私は二人の話を聞きながら、どう話を切りだそうか迷っていた。今から話すことが反対されたらと思うと、話しかけるタイミングは重要に思われたのだ。ところが、二人の話はなかなか終わりそうになかった。午後四時からは通夜が行われ、二時には担当者が通夜の準備に訪れる。時間には制約があった。

「あのぉ、ちょっと、いいかい？」

話の途中に割り込んだ。

「どうした？」

二人は私を見る。

「おばあちゃんのスライドショーを作ろうと思うんだよね」

「えっ？　どうやって作るの？　できるの？」

「おじいちゃんの時は葬儀社が作ってくれたよね。でも、今回は家族葬なので、そんな予算は入っていない。つまり、自分たちで作らない限り、メモリアルのスライドショーはないんだよね」

「作れるの？　お兄ちゃん」

私は作り方を説明した。

実は去年の夏と冬、母の思い出の写真をスライドショー化しようと試みていた。でも、その時は必要性に迫られてもいたわけではないし、ソフトの使い方もわからず、母のアルバムの整理もできていなかったので、途中で投げ出してしまっていた。そのため実家を整理した時に出てきた母のアルバムは、我が家の押し入れの中で眠っていた。もし、今、これを作らなければ、もう二度と作ろうなどとは思わないと思った。また、今なら手伝ってくれる者もいる。通夜でみんなで見ようと目的を明確にすれば、皆、協力してくれると思った。

ざっくりと説明が終わった。

「いいわね。やろう」

妹は賛成してくれた。妹が賛成してくれれば決定だ。

「お母さん、おばあちゃんのアルバム、出してくれる？」

妻に母のアルバムを入れた段ボールを出してもらい、私は二階からデジカメを持ってきた。

「翔子ちゃん、アルバムを古い順に並べてもらっていい？　その中から、どの写真がいいか、確認して」

アルバムは大きい物から小さい物まで十冊近くあった。それらを古いと思われる物から、妹は私の前に置いていく。開くと、母の二歳頃の写真や中学校を卒業したばかりの洋裁学校に通う頃の写真も現れた。

「若いね。こんな時もあったんだね」

私はデジカメでアルバムの中から選んだ写真を撮っていく。

昨年夏、私はスキャナーで写真を保存しようとした。写真を剝がす手間、写真をスキャンする時にかかる時間、たった一枚の写真をコンピュータに保存するのにかなりの労力がかかった。私は数枚で音を上げ、作業は中断した。

デジカメで撮れば良いんだ——それに気がついたのは、今年の春だった。定年退職の記念にデジカメを購入し写真を撮影すると、十分スキャナーの代わりを果たすことがわかったのだ。

「どっちにする？」

「こっちがいいんじゃない？」

私が選び、妹が決めた写真を、私が次々とデジカメに収めていく。二時間もすると主だった写真をデジカメに収めることができた。

「おはようございます」

十時過ぎ、息子の北斗が二階から下りてきてリビングに顔を出した。ちょうどデジタルカメラに収めたデータをパソコンに取り込んだところだった。北斗が朝食を終えたところで訊いてみた。

「北斗、写真からスライドショーにする方法、わかる？」

「できるよ」

「おばあちゃんの写真でスライドショーを作ろうと思うんだけど、北斗、時間、ある？」

「ああ、いいよ。やるよ」

去年の夏、諦めた一つの理由は、この写真からスライドショーへの変換の方法がよくわからなかったのだ。北斗はできると言う。助かったと思った。

おそらく今日が母の通夜でなかったら、息子はこんなにも気安く手伝ってなどくれなかっただろう。何かと理由をつけて断られただろう。でも、母が亡くなり、家族の誰もが母のために何かをしなくては、と思っていた。息子にとってもきっと、自分が役に立てることがうれしかったのだと思う。もちろん、私が苦手なことを助けてもらうという面もあったが、こんな風に葬儀に向けて真心を尽くすことを、息子にも知っていてもらいたい、という気持ちもあった。

北斗に作業を任せ、私は長女を車で迎えに行った。長女優子はアパートに一人暮らしをしていた。仕事は休んだが、着替えもあり、昼前に迎えに行くことになっていたのだ。

娘とともに自宅に戻ると、母の写真はスライドショー化されていた。

「テレビに映すから見てね」

北斗は自分の部屋からパソコンとテレビをつなぐコードを持ってきて接続していた。

「テレビに映るんだ」

「じゃあ、映すよ」

母の生家から始まり、祖母に抱かれた幼児の姿、学生時代……数秒ごとに写真は変わっていく。

「いいね。タイトルとか入れられる?」

「入れられるよ」

「じゃあ、頼むよ」

息子はパソコンを操作して、タイトルを入れ、音楽を入れた。

「待ってね」

作りかけの母の履歴を最後のページに入れた。まさか、こんなにも早くまとめていた母の履歴が役に立つとは思いもしなかった。

昨年五月、特別養護老人ホーム入所を契機に実家を整理し、売却することにした。実家にあった母の荷物は、妹との確認のもと、大半処分した。残した思い出の品や使える洋服類などは全て私の家に持ってきていた。我が家とて収納場所が多いわけではなかったので、なるべく母の持ち物は少なくしたかった。書類などを整理するため、母の歩んだ軌跡をエクセルでまとめていたのだ。

ようやくスライドショーは完成した。

『メモリアル　～おばあちゃん、ありがとう』

完成したものをテレビで映し出すと、業者が作成した父の時のものと比べても決して遜色のないものができあがった。

「北斗、ありがとう」

北斗もまんざらではないというような顔をした。

親族の訪問

二時少し過ぎた頃、葬儀社の西堂さんが現れた。ドライアイスを新しい物に換え、祭壇の花などを整えた。仕事を終えた二女の慈子も到着し、皆、礼服に着替えていた。

「お父さん、真一さんから電話」

参列してくれる従兄弟の真一さんには、自宅の前に車が並ぶと近所の方に迷惑がかかるため、来る時には事前に電話してくれるよう頼んでいたのだ。居場所を確認し、迎えに行った。

真一さんは、父の妹である、ひばり叔母夫婦と一緒だった。「家族葬なので、わざわざ参列は必要ないです」と話したが、通夜の時間を避けて、焼香に来てくださったのだ。

仏間に案内し、祭壇で焼香していただいた後、改めて御礼した。

「わざわざ、ありがとうございます。新型コロナ感染予防のため、葬儀は家族葬とさせていただきました」

妹も加わって、母が亡くなった経緯を話した。

「本当、突然だったんだね」

ひばり叔母さんがしずかに言った。ここ数年の母の様子も伝えた。父が亡くなってから、ほとんど叔母とも連絡はとっていなかった。父が亡くなってからの母の変化は驚きのようだった。

「あの、もし、よければ母の写真、見ていってくれませんか?」

できたばかりのスライドショーを見てもらうことにした。父方の親戚には母の姿で知らない面もあるに違いなかった。そんな母の一面を見てもらいたかった。

リビングに案内し、ソファを勧めた。真一さん、ひばり叔母さんの夫婦がソファに座った。テレビの横には北斗が座り、パソコンを操作した。食卓テーブルには二人の娘がテレビが見えるように座り、私と妹はソファの向かい側、テーブルを挟んで絨毯に正座した。

「これは、母が赤ん坊の頃の写真です」

「これは母が洋裁学校に通っていた頃の写真です」

「これは、私と妹と一緒の写真です。あの頃って、こんなワンピースが流行っていたんですよね」

後半は母と父が海外旅行をした時の写真だった。

「これは、フランスのパリ?」

「これはエッフェル塔で、これはルーブル美術館」

「これはローマですか?」

映画や旅行番組で見かけるヨーロッパの名所での記念写真が次々と映し出されていた。

「翔子ちゃんって、航空会社に勤めていたんだよね」

「ええ、それもあって、結構、海外旅行は行きましたね。十カ国以上行ったと思います」

「文子さん、本当にいろんな国を旅していたんですね。よかったわよね。翔子さん、親孝行したわね」

映像の最後は、昨年、敬老の日に母のために作り、老人ホームに送ったビデオレターだった。家族がそろって、母に向かって近況を伝えていた。バックミュージックは母の好きな水戸黄門のテーマソングを使った。

「ビデオメッセージは、うちだけだったんだって。おばあちゃん、恥ずかしかったよって言ってた。きっと、うれしかったんだと思うよ」

その時は東京にいてビデオレターに入れなかった妹が説明した。

映像を見終わると、三人は帰って行った。慌てて作ったスライドショーだったが、これのおかげで母のことを語り合え、母を偲ぶことができた。

「これも全て、北斗のおかげだよ」

北斗は照れ笑いをしていた。

新型コロナ禍の家族葬。参列を断っていても、あえて弔問に来てくださったことはとてもありがたかった。

数年前、真一さんのお宅を数年ぶりに訪ねた時、真一さんの弟・真二さんが癌で亡くなっていたことを知らされた。

「家族葬だったから、連絡しなかったんだ」

でも、その時、何で私に知らせてくれなかったのか、非常に残念に思った。私だって真二さんとの思い出はあった。従兄弟同士なので、もし知らせてもらえれば、線香をあげに行きたかった。しかし、死んで二、三年経つと告げられると、何もすることはできなかった。

そんなむなしさを真二さんの死で私は感じていたので、母の時は、参列を断っても、死の知らせは必ず届くようにしようと思ったのだ。

通夜の儀

京山さんは午後四時の十分前に顔を出してくれた。ご近所の山本さん、渡辺さんも五分前には来てくださった。「家族葬で行います」と言ってはいたが、ご近所の誼で参列してくださったのだ。母が我が家にいたのは、数年前の半年と一昨年に悪性リンパ腫治療の半年間だけだったが、そのわずかな期間ではあったが、母を見かけては声を掛けてくださっていたのだ。事前に参列がわかっていたのはこの三名だけだった。

「では、皆さん、お揃いのようなので、よろしいでしょうか」

導師の私が、祭壇前の座布団に後ろを向いて座った。

黒ネクタイとズボンは礼服だったが、最高気温が三十度を超えていたこともあり、上着は着ず、半袖ワイシャツ姿だった。司会の西堂さんは、葬儀社の仕事ゆえ上下黒の礼服姿だ。

棺と祭壇、花で仏間の半分は占領され、残り三分の一のスペースに、妹・息子・娘・妻と家族が並び、その二列目に京山さん・山本さん・渡辺さんの三名がリビング側に座った。司会の西堂さんはその後方に立って、口上を述べた。

「只今から、故只野文子様の通夜の儀を執り行わせていただきます。導師は御子息の只野待夫様が行います」

礼をして、祭壇側に直り、鈴を鳴らした。お経は、法華経の方便品と寿量品の自我偈だ。お経はこの経典と決めていた。

学生時代、日蓮大聖人の御書と出会い、それから日蓮大聖人の教えに傾倒するようになった。十代最後の年、正しく生きると他人に公言していた自分の中に、抑えがたい欲望が渦巻き、仮面をかぶり続けていることが限界に達していた。自己矛盾を抱え、私は半ば神経症のような状態だった。そんな時、友人に勧められて、出会った大聖人の一節に、自分の中の矛盾を解消する術を発見した。

「夫れ無始の生死を留めて此の度決定して無上菩提を証せんと思はばすべからく衆生

本有の妙理を観ずべし……」

解決の鍵は己の心の中にある。深い哲理に感銘を受けた。善も悪も含めて、心の妙理にこそ、謎を開く鍵がある。心を磨くことがそれ以後の私の修行となり、大聖人の御書を全編拝読するのがライフワークになった。

法華経についても折に触れて学んだ。植木雅俊氏の『梵漢和対照・現代語訳 法華経』で法華経を拝し、氏の『思想としての法華経』を読んでは、その思想の優秀性についても研鑽を深めていた。

経典として最高のものが法華経であることは自分の中では自明のことであり、この最高の経典で母の通夜を、それも自分の祈りでできるということがどれほど幸せなことか、方便品を読誦し始めてじわじわと胸に迫ってきた。

不思議だった。導師をしていること、自分の祈りで母の葬儀が行われていること、全てが不思議だった。

「人生には全て意味がある。意味のないことなど何一つない」

誰かが私に教えてくれた言葉だったが、その言葉が急に心を占め、大きな何かが自分と母をつなぎ、その秘密を自分が解明する使命があるように思えた。

どうして母は、突然、命を失ったのか。どうして妹と話したその夕べに、くも膜下に襲われたのか。長年東京で生活していた妹が仙台に戻り、ようやく新たな生活が見えてきた矢先だったのに、どうしてその光が見えてきたその日に倒れたのか。

答えのない問いのはずと諦めていた糸の先が、読経が進むにつれ、それらの糸が絡まり合い、一本の紐へと紡がれていくような感覚に襲われた。

寿量品の自我偈が終わり、唱題に入った。

「南無」とは帰命の義である。命を帰す。それを信じ抜き命を掛けるという意味だ。「妙法蓮華経」とは、宇宙と生命を貫く法則だ。この宇宙には、あらゆる存在を貫く法則が存在する。この法を命を掛けて信じ抜く。それが「南無妙法蓮華経」だ。生と死を貫く法でもある。

死んだ母を前にして、母の命が己に受け継がれ、母の生きてきた全てが、再びこの宇宙に戻ろうとしていると感じた。

自我偈に入ってしばらくすると、西堂さんが私の横に座った。焼香の合図だった。焼香台に向かって、焼香をし、母の冥福を祈る。煙がにわかに視界を白く濁す。西堂さんは焼香台を後ろの妹の前に移動する。次々と焼香が行われていく。私は唱題しながら、再び、謎の糸の先を紡ぎ出す。

母が一番気にかけていたのは妹、つまり自分の娘だった。ずっと東京で一人暮らしを続けていた。このまま、一人で生きていくのだろうか、と。その娘がようやくこの五月、仙台に戻ってきた。どんなにうれしかったことだろう。電話も毎日のようにかかってくる。自分は施設にいるため、すぐ会えるわけではないが、身近に感じる。そして、夏祭りの日、娘から電話が。その電話で、娘は仙台での就職が決まった、と。更に一緒に住めるマンションも決まったと言う。うれしかったに違いない。もう心配はないと安心もしたのだろう。「お酒も飲みたいね」——安堵と喜びがにじむ言葉だ。

そうか！

電撃のようにある思いが一挙に押し寄せ、私は唱題しながら涙が溢れてきた。ちょうどその時、西堂さんが焼香台を祭壇に戻してくれた。唱題終了の合図だった。震える声で、読経を締め括った。最後の題目三唱は、涙声になっていた。母が亡くなって初めて流す涙だった。

「喪主及び導師挨拶」

司会の声で再び、参列者側に向き直り、一礼した。

「本日は故只野文子の通夜の儀に参列賜り誠にありがとうございます。

二日前の五時には母は妹と電話で話しておりました。妹はその電話で再就職と新たに購入するマンションが決まったと母に報告しました。母はその報に喜び、マンションから景色を見ながらお酒を飲みたいとも話していました。母にとって、もしかすると一番の心配が妹だったのかもしれません。コロナ禍で退職を余儀なくされ、仙台に戻ってはきましたが、就職も住む家もないのでは心配だったのでしょう。それが二つの心配がなくなったのです。きっとうれしかったと思います。

もう思い残すことはない。後は残された子どもたちよ、自分以上に幸せになっておくれ。

私と妹、二人が幸せになること、それが母の願いであったと思います。これからは、母の思いを受け、残された者が皆幸せになるよう頑張ってまいります。私たちが幸せになることが母の願いであり、母の一生を輝かせることになると思います。

本日は誠にありがとうございました」

幼馴染みの弔問

挨拶の後、京山さん、山本さん、渡辺さんに、母のメモリアルスライドを見てもらった。

山本さんも渡辺さんも、母の人生航路を丁寧に見てくださった。

「素晴らしいお母様ですね」

うれしい感想を述べてくれた。二人の婦人が帰った後、お世話をしてくださった西堂さんが、感慨深げに言葉を発した。

「私は十七年間、葬儀に携わってきましたが、こんなにも感動的な家族葬は初めてです。本当に素晴らしい通夜の儀でした」

帰らずに残っていた京山さんも、「いい通夜でしたね。感動しました」と言ってくださった。励ましの気持ちで、おっしゃってくれたとは思うがうれしい言葉だった。

身内以外がほとんどない通夜だったが、だからこそ等身大の葬儀ができたと思った。

西堂さんも帰り、家族六人が食卓テーブルを前にして座り、談笑していた。礼服も着替え、皆、普段着になっていた。

その時、インターフォンが鳴った。玄関に出た妻が声を上げた。

「お父さん、長野さんよ」

すぐに出て、幼馴染みの長野貴史君とその母親を仏間に通した。

貴史君とは、彼の父親の通夜の折に会ったきりであった。彼の母親とは、同級生の岩谷君の母親が亡くなった折、岩谷君の家まで車に乗せて送ったり、同じく同級生の新山さんのお父さんが亡くなった折、新山さんの家まで車で送ったりと何度か顔を合わせてはいたが、貴史君本人とは小学校以来、長く話すことはなかった。

貴史君は、土日関係なく忙しく働き、退職前には行政機関の課長クラスになっていた。しかしどんなに偉くなっても、どんなに会っていない期間が長かろうが、貴史君は貴史君だった。

私も今春定年退職。貴史君も同級生なので定年退職のはずだった。

「今、何をしているの？」

「今は、大学で副学長をしているよ」

驚きだった。すごい出世だ。大学の副学長。小さい頃、一緒に遊び、けんかした貴史君が、今では大学の副学長になったなんて。

「ぜひ、母のスライドショーを見ていってください」

かつて一緒に遊んだ官舎の写真も出てきた。四畳半と六畳というとても狭かった平屋の住宅。わずか十六軒の小さなコミュニティ。そこに住んでいた者たちがその狭い部屋で、母や父と一緒に写っている写真だった。そこには亡くなった父、長野君のお父さん、岩谷君のお父さん、新山さんのお父さんの姿も写っていた。皆、その十六軒の官舎の一員だった。

きっとその写真が、五十年近くそれぞれの人生を歩み、話題も失った私と貴史君に共通の過去を思い出させてくれた。

「先日、お父様が亡くなった折、通夜の席でスライドショー、見せていただきました」

「そうでしたね」

「あのスライドショーを見た時、気づいたんです。今の自分があるのは、全て長野さんのお父様のおかげなんだって。毎朝、貴史君の家の前で、ラジオ体操しましたよね」

「私が幼い頃、病弱だったもので、父が毎朝、ラジオ体操とランニングをするよう、家の前で始めたんです」

「私はラジオ体操って、どこでも毎日やっているものだと思っていた。他では、やるのは夏休みの数日だけなんですよね。それを一年中、貴史君の家の前でやっていた」

「マチちゃん、小雨が降っているのに、今日はやらないんですかって、来てましたよね」

「もう待ち遠しくて、六時半前には貴史君の家の前に行っていたんです。近所の何人かが集まってきていて、六時半になると貴史君のお父さんの指示でラジオ体操が始まる。小学校に上がるかまだか、そのくらいの子どもが数人集まり、みんなで体操して終わると、官舎の住宅をランニング。朝食の準備ができたって、母親が呼ぶまでずっと走ってた」

「私は一、二周で終わったけど、マチちゃんはずっと走っていたね」

「何の取り柄もない私が、小学校のマラソン大会で一位をとれたのは、このラジオ体操とその後のランニングのおかげなんです。二百人ぐらいいた同学年の中で一位を獲れたって経験が、私に自信を与えてくれた。もし、ラジオ体操していなかったら、今の自分はなかったと思います。だから、長野さんのお父さんは、私の人生の恩人なんです」

「そうかあ」

「長野さんのお父さんの通夜で見たスライドショー。あれを見たから気がつけたんです。それもあって、私も母が亡くなって、スライドショーは作らなきゃって、思ったんです」

私がそう言うと、礼服姿の、立派になった長野君は、隣の老いた母親に向かって、

「そうなんだって。写真とかそろえておかないといけないね。わかった?」

と、まるで子どもに言い聞かせるように言った。私は、その言い方が自分の母親に対して少し失礼な言い方のように感じた。

ところが、長野さん親子が帰った後、自分がそう感じたことを妹に話すと、妹は、「むしろあんなふうに言えるのはとても仲がいいからだと思う」と言った。驚きだった。ぞんざいな言い方ほど、親密さの表れ。自分は今まで母に対してあんな風に話したことはなかった。できなかった。もしかすると丁寧な言葉でしか、母とは話せなかったのか。どこかで、壁を作っていたのか。胃液の酸っぱさが戻るような気がした。

通夜のあと

家族での通夜振る舞いは、回転寿司屋から握りセットを届けてもらい、近くのスーパーで購入した惣菜を並べた。ビールを冷やしてはいたが、子どもたちが私の定年退職祝いにプレゼントしてくれたワインで献杯することにした。

退職祝いの日、ワインを開けようとした、その時、震度四弱の地震が仙台を襲った。皆、会場のレストランのテーブルの下に隠れ、ワインを開けるタイミングを失い、ずっと我が家の物置で眠っていたのだ。

「お兄ちゃん、これ、子どもたち、相当、奮発して購入したワインだよ」

妹がワインのラベルを見て、スマホで調べ、私にそう言った。

「えっ、本当?」

「だってこれ、一九八三年のワインでしょ。相当するよ」

「ネットで三十八年前のワイン、探したんだよね」

北斗が妹に説明する。

「お兄ちゃん、素晴らしいじゃない、子どもたち」

「どうも、ありがとう。北斗！」

「僕だけじゃないよ。優子姉ちゃんや滋子もお金、出したんだから」

「本当にみんな、ありがとう」

話している最中、優子はワインのコルクと格闘していた。

「あ〜あ、コルク、ワインの中に入っちゃった。コルク、まったく言うことときかないんだもの」

優子が悲鳴にも似た声を上げると、妹の翔子が優子を労った。

「いいのよ。優子ちゃん。年代物のワインはコルクが壊れてしまって中に落ちることがよくあるのよ。気にしない。気にしない。それだけ、良いワインだってことだから」

外資系の航空会社に勤めていた妹は、高級ワインを飲む機会があったのかもしれない。

皆のグラスに年代物の赤ワインが入ったところで、声を掛けた。

「献杯」

グラスをぶつけようとすると、妹が、

「献杯の時はグラスをぶつけないのよ」

「ごめん。ごめん」と謝って、ほのかな香りを楽しみながら、一口飲んだ。まったくとげのない、優しい味だった。たまに飲む安いワインとこの年代物のワインの違いはかすかにわかるような気はしたが、そのかすかな違いに何万もかかるのが、身に余る贅沢に思えた。

「ところでこのワイン、どうして一九八三年ものなの？」

北斗が自慢げに答えた。

「二〇二一年がお父さんの六十歳の定年退職だとすると、大学を卒業して就職した年が一九八三年になるんだよ。定年退職のお祝いに、お父さんが就職した年のワインをプレゼントしたんだ」

「へえ〜。子どもたち、偉いわね。お兄ちゃん、うれしかったでしょ」

「うん。感激の贈呈式の最中に、大きな地震が来ちゃったんだよね」

照れもあってか、そんな風にしか言えなかった。

私の父親が定年退職を迎えた時は、私は稚内にいて、祝ってあげることはできなかった。お祝いすることすら忘れていた。母の定年退職の時は仙台市に戻っていて、退職祝いを中華料理店で行った。あの時は私は母に何をプレゼントしたのだろう。食事代を含めてのご祝儀は持って行った気はするが、プレゼントを贈ったかは覚えていなかった。我が子のような洒落たプレゼントではなかったのだろう。まったく覚えていないのだ。

私は大人になっても、結婚した後も、親に何かしてあげたことがあっただろうか。してあげたことよりも、してもらったことの方が多い。物やお金より大切なものがあると自分に言い訳し、形にして表してこなかった。それが、年老いた母親にはどれほど情けなく、物わかりの悪い息子であったのか。

急に、数年前の母の豹変の時のことを思い出した。でも、子どもたちの前でその話はできなかった。

母とのつらい思い出

ワインを飲み終え、食事が終わると、子どもたちは二階に上がっていった。リビングには私と妹、そして妻が食べたものの片付けを始めていた。

食卓テーブルには、寿司が残り、私はビールを飲み始め、妹も私の話に付き合った。

「お父さんが亡くなってから、お兄ちゃん、毎週、お母さんのところに通ってくれたんだよね」

「うん。毎週水曜日。水曜日がお母さんの家に行く日になったんだ。毎週行くんだけど、毎週、何か変わっていた」

「私が理解できなかったのは、お父さんが亡くなってからのお母さんの変化。二階にあったお父さんの物を処分しだして、あっという間に何もかもなくなってしまった」

「お父さんが亡くなった年の秋だったかな。前も話したけど、お世話になっていたスナックのママの勧めで七十万円もする布団を購入し、その布団と別に五セット購入したって話。完璧なマルチ商法でしょ」

「そんなこともあったのね」

「あの時からかな、少しずつ人間不信になっていったのは」

「そうかもしれないね」

「それから二、三年後かな。お母さんが建てたマンションを売ることになったの。あの時も、『少し我慢すれば、よくなる時が来るよ』って言ってたんだよ。それまで黒字だったアパート経営が、転出者が増えて赤字になった。赤字で、通帳からお金がどんどん消えていくのが不安になったんだよね、きっと。我慢できずに、『早く売って』って。売ったのはいいけど、銀行から借りたお金を返して、譲渡税を払ったら、お母さんの手元には何も残らなかった。『十年間、アパート経営で出た黒字のおかげで、海外旅行に何度も行けたのだから良かったんじゃない』って言ったら『そうだね』って、その時は言ってたんだ」

「いろいろ、あったわね」

「東日本大震災も、大きなショックだったかもしれないね」

私はにぎりを肴にビールを飲んでいた。妹はほとんどビールには口をつけず、私が話すのを聞いてくれた。

「あの時は、職場からすぐに実家に駆けつけたんだ。信号機は皆止まっていて、道路にも亀裂が入り、道路脇で倒れている人もいた。実家に着くと瓦屋根の大半が落ちてしまっていて、中に入ると食器などが散乱状態。お母さんに大丈夫かって訊いたら、市民センターからの帰りに震災にあったらしく、目の前で車が衝突するのは見たけど、自分は大丈夫だったたって。でも、家に着いたら、家財道具はめちゃくちゃ。どうしようか、考えていたって。また余震が来るかもしれず心配だから、一緒に私の家に行こうって言って出発したけど、普段なら三十分で着くのに家まで二時間以上かかったよ。私の家はそれほど被害はなかったけど、電気も水道もガスも止まってしまった。母を入れて六人で、ロウソクの光の下で、あり合わせの夕飯を食べたよ」

「私はその時、東京で、何もしてあげられなかった」

「震災で、実家は二階がかなり被害を受けた。部屋の間の壁に穴が空き、戸が閉まらなくなった。でも、お母さんはほとんど一階で生活していただろ。だから、二階はそのままでいいよって言ったんだ。『いずれ、一緒に住む時もあるから、その時に直せばいいでしょ』って」

積もる話はいくらでもあった。

「でも、お母さんはいつの間にか知り合いの大工さんに頼んで、二階も屋根の雨漏りも直してしまった」

「お風呂を百万円で直したのも、その時よね、きっと」

「もちろん、お母さんのお金なんだから、お母さんがやりたいようにやればいい。でもあの頃は、毎週のように家の中の何かが変わっていた。リビングと寝室の間に扉ができて、次の週には、庭と家の間に目隠しの塀ができた。そして次の週には、リビングとダイニングの間に引き戸が作られている」

「あの縁側の壁、古いタンスと一緒にスプレーで銀色に変わっていて、私、趣味が悪いって思った」

「それから、一、二年してお母さんはうつ病になった」

「あの夏のこと覚えている。私、帰省して実家にいたんだけど、お母さん、ずっと元気なくて。いろいろ病院に連れて行くんだけど、ことごとく異常なし。夜中、救急車で救急搬送したこともあったけど、そこも異常なし」

「八月、九月、どこに連れて行っても、原因がわからなかった」

「仙台にいないから、何もすることができなかった」

「あの頃、お母さん、変な人にお世話になっていたんだ。その人に病院紹介してもらうからあんたはいいって。でも、あの時、お母さんがどんどん遠くに行くような気がして心配で、きっと神経症か何かだろうって心療内科しかないって、ネットで調べて連れて行った。それがT病院さ」

「お母さんの交友関係って、何か危険だったわね」

「T病院に連れて行ったら、即入院。医院長先生が私に言ったよ。『うつ病です』って。そうかなっては思ってはいたけど、まさか自分の母親がうつ病になるとは思ってもみなかった」

「冬の期間はずっと入院して、春になったら退院したのよね」

「入院してからも、毎週水曜の母親訪問は続けた。入院患者用の裏の入口から入って、お母さんの部屋にお見舞いに行くんだ。お母さんの好きな、チョコパイとヤクルト六つを持っていったよ。これがあると助かるって。お母さんいつも言ってた」

「お兄ちゃん、ありがと」

「入院してすぐは個室だったけど、しばらくすると六人部屋に変わった。お母さんは人付き合いがいいのか、すぐに仲のよい友達を作っていたよ。私が見舞いに行くと、必ず誰かが『いつもお母さんにお世話になってます』って挨拶してくれた」

「春になると元気になって退院するんだけど、また、夏から秋にかけて、具合が悪くなったわね」

「そんな入退院が何回か続いたんだ。その間、私も真剣にお母さんとの同居を考えたよ。今ある家を売って実家に移るとか、その逆の場合とか。でも、うちの事情もあり、うまくいかなかった」

「お母さん、お兄ちゃんのこと頼っていたんだと思う。はっきりとは言わなかったけど。私にだけは、『なんで一緒に住もうって言ってくれないのかな』って言ってた」

「三回目に退院した三月の末。その日は年度末で忙しくて休みを取れなくて、退院に付き添えなかったんだ。それで、仕事の帰りに実家に寄ったよ。

そうしたらお母さんの様子が変だった。私が家に上がるなり急に、『売ったマンションの金はどうしたんだ』って聞くんだ。『マンションなら、お母さんと一緒に売ったでしょ』って言ったよ。そしたらお母さん、私に向かって、『今は子どもが親を殺す時代だからね。子どもだからって信用おけないよ』って、言ったんだ。

私としてはお母さんのためにできる限り、尽くしてきたと思っていた。毎週水曜日のお見舞いも欠かさなかった。差し入れだって、お母さんの好きなものを毎週届けたにも拘らず、お母さんは私がマンションの売上金一億をくすねたと言うんだ。自分の通帳には一銭もないって」

「お兄ちゃん、電話、よこしたよね」

「私が言っていることを証明してもらおうと、翔子ちゃんに電話したんだ。あの時のお母さん、本当に変だった。目付きが今までの優しい目と違って、まるで他人を見るような目だった。帰り道、車を途中で止めて、泣いたよ。こんな悲しいことってないだろ。実の母親に泥棒扱いされるんだよ。それも言うことをまるっきり信じてもらえない。悲しかった。本当に悲しかった」

私は話を続けた。

「でも、それからしばらくして気が付いたんだ。私は今まで母親の善意に甘えていたって。その時まで、私は実家でご飯を食べる時、お母さんが食事代を払うのを当然と思っていた。子どもに尽くすことで親が喜んでいるって、都合よく解釈していたんだ。五十も過ぎて、平気で母親に支払わせていたんだ。お母さんは何も言わなかったけれども、いつになったら本気で親孝行するんだって思っていたかもしれない。幾つまで親の脛《すね》を齧《かじ》るんだって。そうした不満が爆発したんだよ。

きっとお母さんは、人に対していろいろ世話を焼くけども、本当は自分にも同じように世話を焼いてほしかったんだと思う。でも、それを上手に伝えられない。その不満がどんどん溜まって、うつにまでなってしまった。他人ならまだ諦めもつくが、我が息子も自分の不満に気づいていない。それで、爆発したんだ」

「私はたまに帰るだけだから、よくはわからなかった」

「信用できないって言われたので、二、三ヶ月は母の家には行けなかった。でも、二、三ヶ月後、お母さんの家に行くと、お母さんは二、三ヶ月前に言った言葉をまるっきり覚えていないようなんだ。いつもと変わらぬ穏やかなお母さんがいたんだ。でも、その時から、私はお母さんに夕飯代を出させるようなことはしなかった。遅かったけど、ようやく脛を齧るのをやめたんだ」

「お兄ちゃんは、ずっとお母さんを見守ってくれたのね」

癌治療と介護

大皿に残ったお寿司を時折口に運び、飲み過ぎている自覚はあったが、グラスに入ったビールを口に運んだ。妹はグラスを手にはしていたが、口に持って行くことはなくなっていた。

「令和元年五月一日。令和になった初日だからよく覚えている。車で栃木の叔母さんの家に寄った時、お母さん元気だったし、楽しそうだった」

「覚えてる。栃木の回転寿司屋でお寿司を久しぶりに叔母さんとお母さん姉妹で食べて、二人とも幸せそうだった」

「だから、その夏も同じコースで栃木に寄ったけど、暑かったせいもあり、元気がなかった」

「あの時は東京の私の家から外に出ることもなく、一日中、韓国ドラマを見ていた。

外出はいいって」

「仙台に戻ってしばらくしたら鼻の調子が悪いって、とても疲れた様子だった。お母さん一人で病院に行って調べてもらったら、精密検査を受けた方がいいって勧められ、今度は私も付き添ったけど、精密検査を半日がかりで受けたら、悪性リンパ腫が見つかったんだ。S病院の医者に呼ばれて、お母さんと一緒に病名を告げられ、『治療を行うなら、体力の関係もあり、一人暮らしは無理です』と言われた。

お母さんも治療を受けることに同意し、九月下旬から我が家で生活することになったんだ。翔子ちゃんにも仙台に来てもらい、お母さんのベッドや冷蔵庫など一緒に買いに行ってもらったよね」

「お母さんも治療のため仕方がないって、お兄ちゃんの家で過ごすことに同意したんだと思う」

「数年前、一度、我が家での一緒の生活は経験しているんだ。でも、あの時は失敗だった。私も妻も昼間働いていたんで、日中はお母さん独りだったんだ。飲み物など冷蔵庫は自由に開けてよかったのに、お母さんは遠慮して開けないんだ。『自由に飲みたいもの、取っていいんだよ』って言ったけど、だめだった。お風呂もだめで、わざわざ実家に連れて行かないとお風呂に入らないんだ」

「電話では、昼ご飯も用意されてないって、文句言ってた」

「お母さん、言わないんだよね。こちらは、まったく気にしてないのに、遠慮しちゃって。

そんな数年前の経験があったから、ベッドから冷蔵庫、テレビ、ソファなど、仏間に全て準備したんだ。仏間でお母さんが快適に過ごせるようにって。

最初は順調だった。夕飯は私たち夫婦と三人で食べたよ。朝食は簡単な栄養食。昼はお母さんの好きな菓子パンだった。

一ヶ月ごとに入院して治療を行い、それが半年続いたんだ。お風呂には、なかなか私の家では入れなかった。そのため、翔子ちゃんに何度も仙台に戻ってきてもらって、実家でお風呂に入ってもらった」

ふと思い出したように妹が言った。

「そんなこと、大したことじゃなかった。それより、大晦日の日は大変だったわね」

「まさか駅前の地下街入口で動けなくなるとは思ってもみなかった」

「救急車、呼んだのよね」

「親切な人が、駅員を呼んでくれて、駅員が救急車を手配してくれたんだ」

「大晦日の日に救急車に乗るなんて」

「翔子ちゃんが一緒に乗ってくれたんだったね」

「本当に、いろいろあったね」

「実はその後の方が大変だったけどね」

「まさに急展開だったわね。新型コロナが広がりだし、世の中が大きく変わり始めるのと同じ頃だった」

「昨年の二月には医者から『寛解です』って言われたんだ。意味がわからず、ネットで調べたよ。癌とかが一時的に消えた状態を寛解って言うんだって。悪性リンパ腫が治ったって、喜んだんだ。ところが、その時からだんだん体力が落ちて、ついには寝たきりに。自力でトイレに行けなくなった。

癌治療を行ったS病院に連絡すると、もう癌は治ったんだから、掛かり付け医に行けって。それで近くの町医者に連れて行ったら、今度は町医者はS病院に行けって。たらい回しだよ。それでもどんどんお母さんの容体は悪くなる一方。再度、S病院に掛け合ったら、連れてきていい、と。おんぶしてお母さんを車に乗せ、何とか病院まで運んだよ。そしたら、また担当の医者が、本当はうちの患者じゃないんですよって言うんだ。癌の治療はするけど体力を向上させる世話をするわけではないって言うんだ。

医者の言うことが正しいのはわかったよ。でも、寝たきりになって苦しんでいる母親をなんとかしてほしかったんだ。さんざんイヤミを言われたけど入院させてもらえることになった。

そしたら、今度は新型コロナの予防対策だ。入院患者に会えなくなった。面会は中止。看護師さんの話では、お母さんは一日中ベッドで寝たきりで、今まで見ていたテレビを見る元気もなくなっていたようだった。

四月になり、医者に呼ばれた。コロナの対応もあり、早く病院を出てほしいって。介護施設に入れるなり、自宅で介護するなり、考えてほしいって。この時も、医者とは喧嘩になったんだ。『今のままの状態で家に戻ったら、何もできないじゃないか』って。幸いソーシャルワーカーさんがよい人で、親身になって相談に乗ってくれた。近所の知り合いのケアマネージャーさんも力になってくれた。介護認定を再度行ってもらい、特別養護老人ホームに入れるように動いてくれたんだ。

五月十四日、今でも覚えている。学校はその時まだ休校中だった。私は休みをとったんだ。お母さんはS病院を退院するのと同時に、特別養護老人ホームへ入所できたんだ」

「老人ホームがお兄ちゃんの家から歩いて五分なんて、奇跡的よね」

「そうなんだ。それに、お母さんが入った部屋は北向きなんだけど、窓からは泉ヶ岳が遠くにはっきり見えるんだよ。よい部屋だと思った」

「五月には、実家の整理もかなり済んだのよね」

「ゴールデンウイークに翔子ちゃんに実家に来てもらっただろ。緊急事態宣言下、不要不急の県外移動は控えてって言われていた時だった。東京から翔子ちゃんを連れてくるのは、当時からすれば顰蹙ものだろうけど、仙台からノンストップで東京の翔子ちゃんのマンションに直行し、そのままどこにも寄らずに仙台の実家に来てもらった。

そこで、お母さんの服や荷物、残すものと捨てるものを分けてもらったよね。大事なものだけ残して、後は捨てることにした。特別養護老人ホームに入所は決まっていたので、もう実家に戻ることはないって判断したんだ。誰も住まない実家をそのままにしておくわけにはいかない。貸すことも検討したけど、結局、売ることにした。売るためには、家財道具など全て邪魔だった。翔子ちゃんにも入ってもらって、いるものといらないものとを分け、いるものは私の家に運び、いらないものは処分する。そう決めたんだ」

「捨てる作業、大変だったんでしょ」

「軽トラックを借りて、ゴミ処理場に何往復もしたよ。全てを処分するのに約十万円ほどかかった。業者の見積もりでは五十万って言ってたから、自分たちでやったんで四十万ほど安く済んだんだ。その分、かなり疲れたけどね」

母の最期

残っていたビールも飲んでしまい、空のグラスを持ったまま話を続けた。

「今、考えてみると、不思議議ね。まるでこうなることがわかっていたように、一つ一つが進んでいった」

「五月十四日、S病院を退院して特別養護老人ホームへ入所。五月には実家の家財道具は全てなくなり、六月には売却を不動産屋に依頼した。お母さんが入った介護施設ではお母さんに合わせて介護を行ってくれた」

「施設がお兄ちゃんの家から歩いて五分というのも魅力よね」

「病院は介護施設じゃないから、痛みなど訴えない限り、治療以外はせず、ほとんど寝かせたまま。でも介護施設は違う。話しかけてくれたり、体を動かしてくれたり、まさに介護をしてくれる。病院ではずっと寝たきりのままだったお母さんが、老人ホームでは、車椅子に乗せられて食事をしたり、お風呂に入れてもらえたり、少しずつ体を動かすようにしてもらえた。

コロナ禍で直接の面会はできなかったけれど、ガラス窓越しであったり、オンラインであったりで面会すると、毎回、少しずつ顔に丸みが出て、頬に赤みもさすようになった。抜けていた髪の毛もわずかずつ生え戻ってきた」

「携帯を使うことすらできなかったのが、月に一度くらいのペースで話せるようになっていったわ。声を聞くと安心する」

「半年かかったけど、十二月には実家を買いたいという人が現れ、今年三月には売買が成立したんだ。それもほぼ希望価格で」

「今年二月には、うちの会社もコロナで限界になり、依願退職を募るようになった。私もこれからのことを考えた。いつまでも東京で働いてそれから仙台に戻るのでは、お母さんとあと何年一緒に暮らせるだろうって。毎日テレワークで、こんなことがいつまで続くんだろうという不安もあった。残って給料が減らされ、辞めた人の分まで働くのかと思ったら、いっそ退職して仙台に戻ろうって思ったの」

「今思うと、その時決断してよかったよね」

「本当にそう思う。五月に仙台に来る前に、住んでいたマンションの部屋も購入時の金額よりも高く買ってくれる人が現れ、六月には退職金も入った。後は、お母さんと住む中古マンションを見つけ、再就職先を探すだけ、そう思っていた。職とマンションを探して一ヶ月、ようやくよいマンションと職が見つかった。内定がもらえ、マンションも後は契約だけだった。その二つが決まったのが、七月十六日。うれしくてお母さんに電話したら、お母さんも喜んでくれ、『そのマンションで一緒にお酒を飲みたいね』って、いつになくはしゃいでいた」

「もし二月に決断せず、東京でこの日を迎えたら……」

「それを思うと、退職を決めて本当によかったと思う」

「お母さんもきっとうれしかったんだよ。高校を卒業してからずっと東京暮らしをしていた娘が仙台に戻ってきたんだ。その娘が再就職も決まり、これから住むマンションも決まったという。今までの心配が一挙に消えて安心したんだよ。もう何も思い残すことはないって」

「そうかもしれないね。ただ、残念なのは、全てが順調に進み、コロナが終息したら、施設に遊びに行ったり、月末には購入したマンションで一緒に過ごしたり、親孝行できたのに、それができなかったこと」

「こんなに早く逝ってしまうなんて……」

「考えてもみなかった」

「でも翔子ちゃんは、いっぱい親孝行したよ。世界各地にお父さんやお母さんを旅行に連れて行って、他の人にはできないような親孝行を沢山した」

「私が航空会社に勤めていたからできたことで、お母さんの建てたマンションもあの頃は順調で、お金も余裕があったんだと思う」

「とにかく、やりたかったこと、したかったこと、それら全て、やりきった人生だったんだよ」

「そうかもしれないね」

「思い残すのは、もしかすると翔子ちゃんのことだけだったのかも。でもその娘が、仙台に戻ってきて、就職も新居も全て思い通りに決まった。もう、思い残すことはないって……」

「そうだといいわね」

「きっとそうだよ」

その日、妹は最後だと言って、母の棺の横に布団を敷き、仏間に寝た。

葬儀の朝

胃液が逆流し、吐きそうになって起きた。二夜にわたって飲み過ぎたと思った。今日は告別式と出棺。そして火葬が予定されていた。


ただ、その前にやるべきことがあった。

勤めている中学校は今日と明日が夏休み前の最後の授業日。この二日で夏休みの課題を渡す予定だった。それが葬儀や諸手続があるため授業はできなかった。朝、始業前に出勤し、他の教師にお願いしなくてはならない。クラスごとに渡すものも違うため、電話ではうまく伝えられなかった。

出勤した時刻はほぼいつもと同じだった。違うのは、いつもなら学校に最初に出勤するのが私のはずなのに、校門が開いていていた。それも、体育館脇にＢＭＷの大型バイクが駐まっていた。

職員室に入ると三年生の担任が独り自分の席でパソコンに向かい仕事をしていた。「おはようございます」と挨拶すると、普段は無口な教諭が話しかけてきた。

「メールを見るのが遅れてしまって、気が付かなかったんですよ」

私はてっきり教頭が休みの間に母の訃報をメールで流してくれていて、そのことを言っていると思った。話しかけられて黙っているのも悪いと思い、バイクについて尋ねた。

「ＢＭＷのバイク、すごいですね」

「父親のバイクなんですよ。でも、なかなか乗る機会がないもんですから、今朝乗ってきたんです」

「遠出とかなさるんですか？」

「ほとんど宮城県内ですね。いいバイクなんですが、遠出はしませんね」

話していると、教頭が出勤してきた。私に気づき、「大変でしたね」と声を掛けてくれた。私は教頭の席まで近づき、母が亡くなった経緯を手短に伝えた。話が終わりかけた頃、校長が現れた。同じ話を再び繰り返した。

近くの席の教諭は仕事をしながら私の話を聞いていたのだろう。

「そんな事情とも知らず、自分のことばかり話してしまい、すみませんでした」

と、席に戻ろうとする私に声を掛けた。ということは、先ほど教諭が言っていたメールとは、私の母に関するものではなかったのか。

「先生、この文面でいいですか？」

しばらくして教頭が一枚の紙を差し出した。仙台市内の教職員に一斉に配信するメールの、母の訃報の文案だった。

訃報の文面を確認し、改めて職場内の教職員からの香典など一切いらない旨を教頭に伝えた。

「身内のみで葬儀を行いますので、お気を遣わないでください」

七時半前には、同じ一年国語の担当をしている若手教諭が出勤してきた。その教諭に私が担当するクラスにも夏休みの課題を渡すように話し、作文の課題が少し説明が必要だったので、学年集会で一斉に伝えてくれるように頼んだ。私は三年国語も担当していたので、もう一人の三年国語担当者の机に課題を置き、その上に配付をお願いするメモ書きを添えた。

これで何とか、夏休み前に打つ手は打ったと思った。勤務校は繁華街に近い中学校だった。遅れれば朝のラッシュに巻き込まれてしまう。急いで家路についた。

家に着くと、ようやく子どもたちも起き、食卓に集まりだした。妹も仏間から布団を片付け終え、食卓でくつろいでいた。

皆がそろったところで、妻の用意した朝食を家族六人で食べた。

葬儀・出棺・火葬

「葬儀の折、弔辞って必要なんですかね？」

かつて知人の葬儀で弔辞を読んだ経験があったので、葬儀社の西堂さんに尋ねた。

西堂さんは首を振った。

「家族葬なので、形式張る必要はありませんよ」

「なら、読経と焼香の後は？」

「弔慰文が届いていれば、それを読み上げてください。弔電はお名前だけで結構です。葬儀が終わりましたら、すぐに百箇日の繰り上げ法要を行います。その後は、出棺の準備です」

通夜と違って、葬儀は淡々と進むのだと思った。参列者が多い場合は告別式と言い、弔辞など生前の友人などに依頼するが、今回は家族葬で、家族以外で参列してくださるのは葬儀社の方と、地域の京山さん一人だけだった。西堂さんの言う通り、弔辞はいらないと思った。


導師は今日も私だ。司会は昨日同様、西堂さん。京山さんは五分前に来てくださり、予定時刻九時に葬儀が始まった。

読経を始めると、これで母の姿とも最後になるのだと、寂しさが込み上げてきた。

私を生み、育ててくれた母。幼き日、母の支えがどれほど心の支えになったことか。共稼ぎのため、学校から帰っても母の姿はなく、母の帰宅が遅れると、どれほど心細かったことか。もし母が事故で帰ってこなかったら、そんなことを考え、不安で不安で仕方がなかったこともあった。母は、この世で一番かけがえのない存在であり、母に褒めてもらうことが、最大の喜びだった。我武者羅に頑張ってこられたのは、母に褒めてもらいたい一心からだった。大学に入学するまで、母の誇りになることが自分の夢であり、目標だった。

その母が、まもなく荼毘に付され、姿を留めることがなくなる。読経に力がこもった。

ありがとう。お母さん。私を生んでくれてありがとう。小さい頃は心配ばかりかけた。保育所で大怪我をし、二度も救急車で病院に運ばれた。小学校の折は二ヶ月も長期入院をした。いつも母は私を支え、優しく包んでくれた。本当にありがとう。私は母から沢山のことを学んだ。四十を過ぎてから、習字を習い、めきめき上達する姿は、学びのすごさを目の前で示してくれた。人との接し方、思いやりの大切さ、ユーモアの価値など、生きる上で大切なこと、人間として大事なこと。生、そして死について、母は身をもって私に教えてくれた。ありがとう。ありがとう。

南無妙法蓮華経。南無妙法蓮華経。

焼香が終わり、弔慰文を読んだ。

「……茲に、崇高なる勝利の人生を讃え、謹んで御冥福をお祈り申し上げます。合掌」

母の人生が「勝利の人生」であったのかは、残された私にかかっている、と思った。私が幸福になり、悔いなしという人生を歩めれば、それが即ち母の人生の勝利になるのだ。それとは逆に、なげやりになり、人を恨んだり、妬んだりする人生を歩めば、それは即ち、母の人生の敗北になるのだと思った。負けられない。

葬儀後、百箇日法要の読経と焼香が終わり、出棺の準備となった。葬儀社からは西堂さんの他に、四十代の背の高い壮年が手伝いに加わった。

「まず、祭壇の花を皆さんで切ってください。茎は切り落とし、花だけにしてください」

床にビニール袋を敷き、花を切り、籠に入れていく。妹も息子も娘たちも皆で花を切った。妻はビニールに置かれた茎を束ね、袋に入れていった。

「花は顔の方から並べてください」

葬儀社の長身の壮年は、華やかな花を上にした籠を私に差し出し、花を棺に入れるよう促した。私と妹が母の顔の位置で向かい合わせに座り、壮年の差し出す籠から見栄えのする花を選び出し、顔の横から顔を囲むように飾っていった。子どもたちも棺を囲み、花で母を包んでいった。沢山あった花が全て隙間を隠すように母を花で荘厳にした。

「お化粧も、良いですか?」

妹があらかじめ用意していた口紅と頬紅で母の顔に化粧を施した。

「顔に赤みがさしてきれいになったね」

思わず、口から出た。京山さんも、「お母様、女優のようですね」と褒めてくれた。この言葉は私たち家族にとって最高の賛辞だった。幼かった頃、学生上がりの講師から、「お母さん、美人だね」と褒められた記憶が甦ってきた。

「蓋を閉めますと、もうお顔しか見えなくなってしまいますが、よろしいですか」

妹が母の顔の前に座り、母に小さな声で話しかけた。ほんの数秒のお別れの挨拶だった。

葬儀社の二人が棺の蓋を閉め、白いカバーを掛けた。誰もが黙ったまま作業を見つめていた。

「合掌をお願いします」

皆で祈りを捧げた。

棺は思った以上に重かった。葬儀社の二人に私、北斗、京山さんも手伝ってくれた。仏間から玄関へ、そして玄関から門を出て霊柩車まで、五人が交互に入れ替わり運んだ。

空は真夏の青い空だった。白い積乱雲がゆったりと流れていた。母が倒れた三日前までは梅雨空だった。その空が今は夏空に変わっていた。

大きな台車にのせられた母の棺を前に、最後の読経と焼香が行われた。その後、棺は焼き場へと運ばれていく。斎場の担当者が、母の棺を火葬室に運び入れ、棺のみ火葬室に残し、空になった台車が戻ってくる。ゆっくりと火葬室の扉が閉まっていった。

再び合掌し、題目を唱えた。

死後の生命は肉体に宿るのか。それとも魂となって肉身を離れるのか。

仏教では死後の生命は肉身から離れ、次の生へと姿を変え、新たな生となって誕生すると説く。すでに母の生命は新たな生へと次の縁《えん》を待って、宇宙に遍満しているのだ。肉身を焼くのは、新たな生への門出。出発の儀式かもしれない。

死について、怖くなった時期があった。四十二、三歳の頃のことだ。一つ下の知り合いの教師が、脳卒中で亡くなった。亡くなる一週間前、練習試合で彼と会っていた。その彼が、私と会話したその日に倒れ、一週間後亡くなったのだ。突然、訪れる死に直面し、怖じ気づいた。自分だって、いつ死ぬかわからないと思うと、死がなんなのか、わからぬことが、不安になった。本屋や図書館に行って、死について書いてある本を探し回った。死についての本を読みあさった。でも、死とは何か。わからなかった。

「死」に囚われた私に笑顔が消えた。そんな私を救ってくれたのは、一人の生徒。いつも一人でいる男子生徒だった。くだらぬだじゃれを笑ってくれる数少ない生徒の一人だった。

「僕の大好きな先生が笑わなくなって心配です。いつになったらあの笑顔に会えるのだろう」

短い手紙だったが、優しい一言に涙が溢れた。

「死」に囚われて、周りが見えなくなっていた自分を反省した。「死」よりも、「生」を大切にしようと思った。でも、「死」は、私にとって、いつか解決しなくてはならない大きな課題となった。

しばらくして、一冊の本と出会った。アルフォンス・デーケン著の『死とどう向き合うか』（NHK出版）だ。この本には、死について様々な角度から記されていた。わからぬことが少しではあるが、わかるようになった。死自体は謎のままだが、死にまつわる様々なことが見えてきた。死への恐怖には、苦痛への恐怖、孤独への恐怖、家族や社会への負担になることへの恐れ、未知なものを前にしての不安、人生を不完全なままで終えることへの不安、自己消滅への不安、死後の審判や罰に関する不安などがある。そう整理されることで、もやもやとした恐怖が少しおさまってきた。

死について自分なりの考えが固まっていったのは、デーケン氏の著作で紹介されていた映画『生きる』（黒澤明監督作）を見て、トルストイ作の小説『イワン・イリッチの死』を読んだ頃からだった。二作品に共通するのは利他の精神だった。「利己心に取り憑かれている限り死は恐怖でしかないが、利他の心を心の底から受け容れる時、死は恐怖ではなく、死もまた人生におけるかけがえのない瞬間と言える」というものだった。

ただ、そう理解したからと言って死の恐怖がなくなるわけではない。まだ死にたくないことに変わりはなかった。しかし、いずれ訪れる自分の死に対しても、悲観するのではなく、前向きに向き合おうという決意は持つことができた。

母の生命も母の命と共に消えてしまうのではなく、私と妹に受け継がれ、また、母が人のために残した精神や財産は、多くの母に関わった人に受け継がれていくのだと感じた。利他の精神や利他の財産のみが、その人がこの世に生存した証として受け継がれ、それぞれの心や記憶に生き続けるのだ。

私は今、母から大きなバトンを託されたと思う。母というバトン、母がその親たちから受け継いだバトン、それらを確実に受け取ったのだ。このバトンを、人のために役立てていくことが私の使命と感じた。

「一時間ほどかかりますので、二階の食堂で食事をとって待っていてください」

二階の食堂に入ると、礼服を着た先客が入口付近のテーブルを陣取っていた。私たちが入ると、一斉にこちらを見た。奥の席が空いていたので、奥の隅の席に座ることにした。

食堂の南面と東面は総ガラス張り。ガラスの先には森が広がっていた。昼間の太陽が木々の間から差し込み、森の上空は限りなく青かった。白い雲がゆったりと流れていた。室内は冷房が効き涼しく、外は深い緑と澄んだ青、白がアクセントとなり、金色の光がこぼれた。

「故只野文子様の代表の方は一回受付までお越しください」

階段付近で立ったまま待っていた西堂さんが、待合室のソファでくつろいでいた私の元に近寄ってきた。

「下に行きましょう」

火葬室の横に火葬台が引き出されており、母の遺骨が、母が寝ていた位置を示していた。それは、あの母がこのように骨と化したのだと、雄弁に語っていた。

壮年の係の方が、

「遺骨はこのままでいいですか、それとも拾いやすいように脇によけますか？」

と聞いてきた。このままの様子を妹に見せるのは酷に思えた。私でさえ、初めて見た時は、リアル過ぎて心が痛んだ。これを妹が見たら、母の変わりように悲しくなるに違いないと思った。

「取りやすいようによけてください」

係の方は「承知しました」と言い、「拾骨しやすいようにするために少々時間をいただきますので、上でお待ちください」と言った。

再びアナウンスが流れ、今度は皆で遺骨の置かれた部屋に向かった。

台の上の手前には、頭蓋骨が置かれ、他の骨は皆が拾いやすいように台の周辺に寄せられていた。

妹も覚悟はしていたのだろう、取り乱すことはなかった。

係の方の説明に従い、骨壺に骨を納めていった。台からは火葬時の熱気が伝わり、灰がかすかににおった。

主だった骨を拾い終わると係の者が手際よく母の骨を拾い集め、磁石でそこから釘を拾い出しよけていった。

「骨壺の蓋が閉まるよう、潰してもいいですか?」

母の頭蓋骨の形が崩れるのが残念なような気もしたが、「お願いします」と答えた。

係の者は次に、台から小さな骨を手袋の手で拾い、台を囲む我々に見せた。

「これが喉仏です。この形が合掌している形に見えるんです」

ほんの小さな骨だが、手を合わせているように見えなくもなかった。細かい骨を丁寧に拾い出し、最後に蓋を閉め、拾骨は終わった。

「これは火葬証明書です。これは骨壺の箱に入れておきます。お墓に納骨する時に必要となりますので、覚えておいてください」

骨壺は北斗が持った。

斎場を出ると、真夏の太陽が眩しく輝いていた。夏の熱気が体を包み込んだ。
斎場は森の中ということもあり、辺りはとても静かだった。

令和三年十一月三日　母の誕生日に記す

著者プロフィール

中村 大輔（なかむら だいすけ）

昭和 35 年生まれ
宮城県出身
北海道にて教員生活をスタートし、現在は郷里の仙台市で中学校の教員をしている
平成 19 年、第 56 回読売教育賞　国語教育部門　最優秀賞を受賞
(テーマ「子どもの力を引き出す学び合い学習の実践」)

母の家族葬

2023年 3 月16日　初版第 1 刷発行

著　者　中村 大輔
発行者　瓜谷 綱延
発行所　株式会社文芸社
〒 160-0022　東京都新宿区新宿 1 − 10 − 1
電話　03-5369-3060（代表）
03-5369-2299（販売）

印刷所　図書印刷株式会社

ISBN978-4-286-29022-5